DIRECCIÓN EDITORIAL:
Departamento de ediciones GELV

DIRECCIÓN DE ARTE:
Departamento de imagen y diseño GELV

EDICIÓN:
Área de publicaciones de literatura infantil y juvenil

COORDINACIÓN DE PRODUCCIÓN Y MAQUETACIÓN:
I + D de soportes editoriales GELV

DISEÑO DE CUBIERTA:
La Maison

TÍTULO ORIGINAL: *Les limites obscures de la magie*

IMPRESIÓN:
Edelvives Talleres Gráficos. Certificado ISO 9001
Impreso en Zaragoza, España

ISBN: 978-84-263-8272-6
DEPÓSITO LEGAL: Z 305-2012

LA ASOCIACIÓN

LOS OSCUROS LÍMITES DE LA MAGIA

Pierre Bottero

EDELVIVES

1

—¡Ombe!

Me doy la vuelta, cosa que —reconozcámoslo— tiene su lógica. Ombe es mi nombre y soy la única que se llama así por los alrededores, entendiendo alrededores en el sentido más amplio de la palabra. De lo que se deduce que, por fuerza, yo soy la persona a la que interpela el interpeliente. (No os molestéis en decirme que eso de interpeliente no existe, porque lo sé de sobra; pero me gusta inventarme palabras. ¿Qué pasa?).

Total, me doy la vuelta.

Y no solo por curiosidad.

No sé si será porque en mi día a día me codeo con todo tipo de fenómenos extraños, por no decir directamente mágicos, pero he desarrollado un sexto sentido algo irracional que, cada dos por tres, me sugiere que la realidad cósmica está explotando para lanzarme en brazos del sueño de mi vida.

Para decirlo de un modo más claro: ¿y si es Brad Pitt el que me está llamando?

¿Ingenua? ¿Quién, yo? Qué va. Bueno..., no lo creo.

En fin, me doy la vuelta y, por supuesto, la realidad me da un sopapo en toda la jeta. El tipo que me llama desde el otro extremo del pasillo no es Brad Pitt, sino Dylan Martin, el pringado más pringado del instituto.

Sí, ya lo sé: las probabilidades de que Brad Pitt venga a perderse en este colegiucho de barrio tienden al cero absoluto —él no es miembro de la Asociación—, mientras que las de que Dylan Martin te pille por banda por quincuagésima vez en lo que va de semana cuando eres una pibita joven, guapa y nueva en el instituto rayan en el cien por cien.

Eso no quita que, durante unas descabelladas décimas de segundo, me lo haya planteado, y en ese tiempo Dylan se aproveche para llegar a mi lado.

—Eh, Ombe, la del bonito nombre. ¿Quién es tu hombre?

¡Por Dios! Se me había olvidado lo neuronófago que puede llegar a ser el instituto (ya, ya, otra palabra de mi cosecha) cuando no se posee un equilibrio mental y afectivo a prueba de bomba.

Ordeno a mis dientes que dejen de chirriar y a mi ritmo cardiaco que no se embale; trato de recordar que, como buena mamífera que soy, no tengo más remedio que respirar.

Entonces me vuelvo hacia el seductor que, con semejante frase antológica, acaba de entrar a formar parte de la historia de la poesía.

Error.

Además de estúpido, Dylan Martin es alto, gordo y feo. Y encima, como viene rodeado de tres mindundis con sonrisa bobalicona, se da unos aires de superioridad que no se atrevería a lucir si estuviera él solito. Imaginaos la estampa.

De hecho, eso es lo que me dispongo a hacer. Estampar al memo este contra alguna pared.

Dylan cree que soy alumna del instituto y, como corresponde a esa categoría tan extendida de niñatos que se consideran arrojados depredadores en el centro escolar, lugar en el que han marcado su terreno de caza, para él soy la presa perfecta. La situación, aunque sea de lo más irritante, podría resultarme hasta divertida, pues yo soy mucho más depredadora de lo que él llegará a ser en sus mejores sueños.

Pero no soy una verdadera alumna, sino que me encuentro aquí para cumplir una misión. Esta es mi primera misión en solitario y, aunque se supone que estoy completamente preparada, llevo a cuestas una presión enorme, sobre todo porque Walter cargó las tintas cuando me iba de su despacho:

—¡Discreción, Ombe! Recuerda que la Asociación solo existe por y para la discreción.

Mientras me soltaba la advertencia me miró fijamente, y me pareció que sus ojos destilaban cierta preocupación sorda. Seguro que ha sido casualidad, pero una casualidad de la que Dylan Martin no va a salir beneficiado.

¿Walter quiere discreción? La va a tener.

Doy un paso hacia los cuatro *chippendales* de la muerte que han decidido seducirme; no para deleitarme con sus colonias de machos en celo, sino para situarme a una distancia adecuada.

Dylan sonríe, sin sospechar lo que le espera.

—¿No tienes frío, Ombe? ¿Quieres que te caliente un poquito?

Suelta la frasecita echando una mirada picarona al escote de mi camiseta.

Lo malo de su gesto es que provoca las risas de sus amigos; lo bueno es que me permite comprobar que he vuelto a meter la pata con la ropa.

Dylan y sus tres colegas llevan jerséis y plumas.

Es 17 de diciembre y hace bastante frío, por lo que el derecho y la lógica les dan la razón; en mi defensa, solo puedo decir que esta mañana tenía prisa y no he prestado atención a lo que me ponía.

¡Pero nunca hay que distraerse!

Eso es más o menos todo lo que saqué en claro del curso de la semana pasada sobre el poder hipnótico que aprovechan los vampiros. El profesor, un hombrecillo robusto procedente de los Cárpatos, insistió largo y tendido en el encanto que desprenden la voz y la mirada de estos seres.

«Su encanto no se origina en la magia—aclaró—. Para oponerles resistencia, no sirve de nada dominar los arcanos del gran Arte; basta con no distraerse».

Seamos claros: Dylan Martin no se parece en nada a un vampiro, salvo, tal vez, en la estatura, y no tengo que aclarar que carece de la elegancia natural propia de los bebedores de sangre. Tiene mirada de bovino —categoría carne podrida— y su voz es aguda y ridícula, atributos que le confieren la misma gracia que un envoltorio de hamburguesa tirado en el suelo bajo la lluvia. Pero me gusta la idea de que lo más importante es no distraerse, y estoy segura de que, si es válida para los vampiros, puede aplicarse a los pringados.

—Dylan, voy a contar hasta tres y te daré una sorpresa.

Lo he dicho susurrando, en plan vampiresa libertina, y el pringado en cuestión se pone rojo como un tomate.

—Uno…

Compruebo que la distancia siga siendo adecuada.

—Dos…

Lanzo la mano derecha, engancho a Dylan por la entrepierna y, en el mismo movimiento, lo levanto y lo pongo contra la pared. Se oyen gruñidos de dolorosa estupefacción.

—Y la sorpresa es que no voy a contar hasta tres.

Aprieto más el puño.

El gruñido se convierte en un gemido.

—Quiero que me olvides, Dylan. Que me olvides para siempre, para no tener que volver a distraerme, ¿lo has entendido?

No estoy segura de que el chaval haya comprendido el significado de mis palabras, pero asiente con la cabeza.

Teniendo en cuenta su situación y mi estado de ánimo, es lo mejor que puede hacer. Pero sus colegas, que sin duda se han quedado conmocionados ante la penosa situación, deciden intervenir. Son tres, qué demonios, y yo solo soy una chica.

Ya, pero me queda una mano libre.

Ellos se lo han buscado.

Dejo los cuatro cuerpos inconscientes sentados contra la pared —por suerte, pocos alumnos tenemos clase hasta las seis de la tarde y los pasillos están desiertos— y me dirijo corriendo a mi aula.

Pese a los esfuerzos que hago por contener mi orgullo, noto que una sonrisa me ilumina el rostro.

No me apetecía nada hacerme cargo de esta misión. No porque llamar al orden a una banda de duendes con el cerebro sobreexcitado me suponga un problema, sino porque ya no tengo edad para sentarme en un pupitre de instituto. Bueno, esa es mi razón oficial.

En realidad, temo que llamar al orden a una banda de duendes con el cerebro sobreexcitado esté un pelín por encima de mis posibilidades: esa es mi razón verdadera.

Pero lo que acaba de suceder me ha devuelto la confianza en lo que a mis aptitudes se refiere.

Soy una agente de la Asociación.

Mi cometido consiste en controlar el mundo Anómalo, sea cual sea la forma que adopte, y, como repite tan a menudo Walter, el jefe de la oficina de París, hacerlo con total discreción.

De momento, solo he tenido que enfrentarme a cuatro obsesos absolutamente normales, pero, por aquello de guardar discreción, he procurado no cometer ningún error.

Se me ensancha la sonrisa y, cuando empujo la puerta del aula, ya he recuperado el aplomo y la clarividencia.

¿Y si resulta que no ha venido el profe de filosofía y tenemos a Brad Pitt de sustituto?

2

Me llamo Ombe Duchemin.

Ombe, porque ese es mi nombre, ya os lo he dicho; es el nombre que figuraba en la esclava que llevaba en la muñeca cuando me encontraron.

Duchemin, que significa «del camino», porque fue precisamente ahí donde me encontraron. En un camino.

Al menos eso es lo que me han contado. Yo no lo recuerdo, pues en aquella época solo tenía algunos días de vida a mis espaldas. Y apenas minutos por delante, porque el camino en cuestión se encontraba en Quebec, era invierno cerrado y yo estaba desnuda en el suelo, sobre la nieve.

Si un buen hombre no llega a pasar por allí en el momento oportuno, sin duda me habría llamado Ombe Estalagmítez…

—Duchemin, como parece que mi curso sobre Descartes le interesa sobremanera, ¿puedo preguntarle cuál es su opinión sobre la teoría de la creación de las verdades eternas? Estoy seguro de que es un tema que le apasiona.

—¿Descartes?

—Sí. René Descartes.

Vacilo durante una nanofracción de segundo; es decir, no mucho tiempo.

—Descartes es el tipo que creó la adivinación con el tarot, ¿no? Conozco a un chaval, Jasper, que al parecer tiene una fe ciega en esas cosas; pero, para serle sincera, dudo que el tarot permita acceder a la verdad eterna.

El profesor lanza un largo suspiro. Leo en sus ojos el remoto deseo de dejarse llevar por un ataque de ira, pero la irritación da paso a la resignación, y el profesor, convencido de que soy un caso perdido, deja de hacerme caso.

Objetivo logrado.

Ya aprobé la selectividad en su día —bueno, el equivalente canadiense a la selectividad— y, si la Asociación me ha inscrito en este instituto a mitad de curso, no ha sido para obligarme a estudiar, sino para resolver un delicado problema territorial.

De todos modos, odio que me tomen por idiota, aunque le venga bien al personaje que se supone que estoy representando, y no puedo evitar meter baza otra vez:

—No es lo que yo pienso, pero, puesto que pienso, existo, ¿no?

Vaya. ¿Por qué no podré quedarme calladita? El profe vuelve a centrar su atención en mí, que no es precisamente lo que más me conviene. Reacciona, Ombe, ¡reacciona! Sigo hablando:

—Si no me equivoco, Descartes enumeró veintiuna reglas para la dirección de la mente, ¿verdad?

El brillo en los ojos del profe se convierte en una luz.

—¡Exacto! —exclama.

Ahora toca dar el golpe de gracia:

—Veintiuna reglas. ¿Se ha fijado en que es el número de cartas que hay en una baraja de tarot? Si Jasper está en lo cierto, entonces Descartes jugó al...

Hago una pequeña pausa para que el profesor comprenda el juego de palabras y deje de hacerse ilusiones conmigo, y continúo:

—... descarte ¡y ganó!

El profe tiene el rostro descompuesto, los hombros abatidos y un aspecto descorazonado, pero luego —y menos mal para él— le vuelven los colores a las mejillas cuando se da cuenta de que soy un caso aislado y, en principio, no contagioso para los demás alumnos. Son indicios de que he conseguido, por lo menos, una semana de tranquilidad.

Me siento cómodamente en la silla y, mientras la noche se adueña de la ciudad, mi mirada se escapa por la ventana para dar un paseo nocturno.

Mi mente, en cambio, revolotea en torno a la misión que me han encomendado, esperando encontrar la puerta de entrada.

¿Y sabéis qué? ¡No la encuentra!

Y eso que todo parecía muy fácil cuando Walter me explicó lo que buscaba la Asociación.

—Conflicto territorial. El Instituto Bordage fue construido en un lugar de culto para los duendes y…

—¿Los enanuchos son creyentes?

—No tal y como nosotros lo entendemos. Digamos que veneran a una entidad mística…

—El Alma de la Gran Boca Desdentada.

Walter me miró con una mezcla de aprobación y asombro.

—El Alma de la Gran Boca Desdentada… ¡exacto!

Parecía tan anonadado que me sentí obligada a defenderme:

—No hace falta que ponga esa cara; he estudiado las costumbres de los enanuchos.

—Por lo tanto, sabes que tienen ritos que nosotros no podemos comprender.

—Sí.

—El Instituto Bordage se construyó en un territorio sagrado para ellos. En aquella época, la Asociación trabajó para pactar y firmar un acuerdo legal, pero hoy los…

—¿Los arquitectos que diseñaron el instituto firmaron un acuerdo con los enanuchos?

—¡Los duendes, Ombe! Deja de llamarlos enanuchos; y te recuerdo que, para los arquitectos, al igual que para el 99,99 por ciento de la población, los duendes no existen. La Asociación redactó el acuerdo y los duendes lo firmaron. Los sótanos les pertenecen durante mil años. A cambio, renunciaron a salir a la superficie.

—Pero ahora han cambiado de opinión, ¿no?

—Eso es. Al parecer, cincuenta años después de la firma del acuerdo, el Alma de la Gran Boca Desdentada les ha dicho que fueron víctimas de un timo. Así que han decidido reivindicar el instituto.

—Y, desde luego, la Asociación no tiene la menor intención de devolvérselo.

—Correcto. Por suerte, los duendes son más legalistas que un congreso de notarios. Solo tendrás que recordarles el acuerdo firmado y amenazarlos con emprender acciones judiciales para obtener una indemnización por daños y perjuicios si no cumplen su palabra. Una vez lo hagas, todo volverá a la normalidad.

—De acuerdo. Me encargaré de los enanuchos.

Curiosamente, esa confirmación llena de seguridad no pareció tranquilizar a Walter.

—¿Ombe?

—¿Sí?

—Discreción, ¿de acuerdo? ¡Discreción!

La charla tuvo lugar hace una semana, y yo creía que solo me harían falta un par de días para resolver el problema, pero ahora empiezo a temerme lo peor. Lo cierto es que, en una semana, no he visto ni rastro de los duendes. Mis incursiones nocturnas en los sótanos del instituto han resultado inútiles y no tengo ni la más mínima idea de por dónde iniciar la misión.

Así que no debe de extrañaros que esté tan tensa.

Estoy sumida en mis pensamientos y tardo en fijarme en el camión que entra en el patio del instituto. Y mira que no es una camioneta pequeña, sino un volquete gigante cargado con una montaña de tierra. Se detiene debajo de mi ventana y de él se bajan unos diez o doce tipos con mono azul y herramientas en la mano.

Qué tipos más raros. No parecen trabajadores de mantenimiento.

Primero, por su altura: el más alto no debe de llegar al metro cuarenta.

Luego, por su forma de andar: van dando saltitos.

Y, por último, por su actividad: cuando, lentamente, el volquete del camión se eleva, los hombres sueltan los picos y las palas, cogen unas frutas podridas y, usándolas a modo de tiza en el asfalto del patio, empiezan a dibujar un…

Se me hiela la sangre en las venas.

¡Esos tipos están dibujando un pentáculo gigante alrededor del camión!

¡Qué digo, esos tipos! ¡Esos duendes!

3

Cuando tengo ya la mano en el picaporte de la ventana y estoy preparada para saltar, me viene a la mente la advertencia de Walter.

¡Discreción!

Vale. Tengo que desviar la atención del profe y de los alumnos antes de pasar a la acción.

Sí, pero ¿cómo?

Lanzo un suspiro al darme cuenta de que, esta vez, no me libraré de practicar la magia.

Y eso que, ¡por todos los demonios!, odio la magia.

Toda la movida que hay que poner en marcha para elaborar un sencillo conjuro me saca de quicio: chapurrear una fórmula estúpida, en latín con un poco de suerte, y en egipcio antiguo, en sánscrito o en arameo el resto de las veces; elegir los ingredientes adecuados de una lista tan larga como podría haberlo sido la muralla china si sus constructores no hubieran sido tan vagonetas; recordar toda la mímica que conlleva el conjuro, mímica que, por supuesto, es una ridiculez; y, por último, exponerte a que, por alguna retorcida razón, el conjuro no funcione.

¡Odio la magia!

Que sí, Ombe, pero no tienes más remedio.

Hurgo en mi bolso en busca del neceser de mago que siempre lleva consigo el agente de campo —esa es mi categoría en la Asociación— y empiezo a pensar en el conjuro que voy a preparar.

Uno facilito.

No tengo tiempo para elaborar nada complicado. Y tal vez tampoco tenga el talento necesario, pero más os vale no ir diciéndoselo a nadie por ahí.

Bueno, pues uno facilito.

En cuanto meto la mano en el neceser, se me ocurre el conjuro adecuado: provocaré un ruido de cierta categoría en el pasillo. Como mínimo, todos se volverán para mirar la puerta. Si hay suerte, la gente saldrá de clase para ver qué pasa.

Durante un segundo me entran ganas de llamar a Jasper. El chaval tiene menos atractivo que una ostra, pierde los papeles en cuanto alguien pronuncia la palabra peligro y sus ojos tienen una molesta tendencia a desviarse hacia mi escote; pero en magia es la caña. Es un crac cuando toca darle al coco, aunque resulta penoso cuando toca pasar a la acción.

Todo lo contrario que yo.

En lo referente a condiciones físicas, yo entro en la categoría de gama alta; y si creéis que me estoy dando el pisto, preguntadle a Dylan Martin cuando se despierte. Me encanta sentir cómo la adrenalina corre por mis venas y no recuerdo haber recibido otra cosa que felicitaciones en los deportes de lucha.

En cambio, cuando hay que ser minucioso o cortar un pelo a lo largo en cuatro trozos, pierdo los nervios y me falta, digamos, eficacia.

Voy a arriesgarme a elaborar el maldito conjuro de todos modos y, como no me parece correcto llamar a Jasper mientras estoy en clase, me las apañaré sola.

Un pellizco de topacio molido para el sonido —no me digáis que no es una pena moler una piedra tan bonita—, una hoja de rubia peregrina para la distancia y tres pelos de gato porque me apetece y porque la intuición es un componente fundamental de la magia.

Enrollo el pellizco de topacio y los pelos de gato en la hoja de rubia, hago una bola con los ingredientes y, de un capirotazo, la envío junto a la puerta de entrada, murmurando la fórmula adecuada:

—*In sonotarum portabilis perfecta intra muros definitatum.*

Jasper me ha dado tanto la tabarra que al final ha acabado entrándome en la cabeza: la magia es más antigua que el hombre; mucho más. Jugar con los arcanos —o, en mi caso, trastabillar con ellos— implica zambullirse en un pasado de varios milenios de antigüedad; las probabilidades de éxito de la zambullida aumentan de manera proporcional a la antigüedad de la lengua que se use en los hechizos. Así, el protobantú es más eficaz que el español, mientras que tratar un conjuro en esperanto resultará tan inútil como intentar que un yunque de doscientos kilos salga volando.

Ahora bien, lo confieso: aunque se me dan de maravilla las lenguas vivas —ya os hablaré de esto—, las muertas me provocan sarpullidos, y eso complica bastante mi relación con la magia, que de por sí es bastante tensa.

Pero soy optimista. Es verdad que, de haber pronunciado mi fórmula mágica en quenya —el alto élfico con el que Jasper no para de comerme la oreja—, habría resultado más eficaz, pues es la lengua del pueblo antiguo, tejida con hilos de poder en el telar de las verdades originales, y está relacionada con los elementos primordiales... Pero no hablo ni patata de quenya. Qué más da. En latín, aunque sea mi latín de andar por casa, tendría que funcionar.

Exacto.

Funciona. Funciona de maravilla.

Pero no exactamente como yo había previsto.

Cuando mi bola se estampa contra el suelo, se produce un borborigmo grasiento y sonoro, un auténtico eructazo de mamut, y no en el pasillo, sino debajo de mi silla.

Entonces, formando una perfecta coreografía, todas las cabezas se giran hacia mí, a la par que un murmuro de asco recorre el aula.

¡Maldita magia!

Fingiendo sutil indiferencia, miro hacia fuera y contengo un taco a duras penas.

El camión ha terminado de volcar el montón de tierra. Está saliendo del pentáculo por la abertura prevista a tal efecto.

No hace falta ser un lince para comprender lo que está a punto de suceder.

Esos renacuajos idiotas van a terminar su trazado y luego van a…

—¡Por los huevos de Lucifer!

Al final, el dichoso taco que me esforcé por reprimir ha acabado abriéndose paso.

Mientras la mitad de los alumnos suelta una carcajada, la otra mitad se queda con la boca abierta, y el profe, con la cara morada de indignación, me apostrofa:

—¡Duchemin, su comportamiento es inadmisible! Salga de clase inmediatamente.

Ya que me lo pide…

Abro la ventana.

¡Guau!

¡Cuatro pisos!

Esto va a doler.

No tengo más remedio. La urgencia prima sobre la discreción. O al menos eso considero yo. Tendré que proponerle a Walter que añada este principio a las nueve reglas de la Asociación.

Me subo a la ventana.

Gritos de terror en la clase.

—¡Duchemin! ¡No! Espere, yo…

Salto.

4

¡Ay!

5

Me levanto con una mueca de dolor.

He calculado mal. Al tocar el suelo, me he resbalado, he caído con todo mi peso sobre las rodillas y me he cargado los vaqueros que compré en una tienda de lujo con mi primer sueldo de agente. Me van a oír esos malditos duenduchos.

Salgo corriendo hacia ellos —no sin cojear un poco, eso sí— y, mientras intento sacar del bolsillo mi tarjeta de agente profesional, lanzo un grito que me parece bastante convincente:

—¡Que nadie se mueva!

Todavía no he conocido a ningún duende, pero he leído bastantes libros sobre ellos —la mayoría de los cuales no tienen referencia en la Biblioteca Nacional—, y los seminarios sobre duendes son de los más interesantes a los que he asistido en los últimos meses. No me haré llamar experta, pero creo que los conozco bien. Los duendes se desarrollan en una sociedad compleja y muy jerarquizada, lo que, para una persona como yo, de vena independiente y prácticamente asocial, resulta fascinante. Obedecen a un sistema de convenciones estrictas basadas en el linaje, el dinero y las reglas del mercado. En grupo son pretenciosos, intolerantes y orgullosos. Por separado tienen un carácter gruñón, quisquilloso y, sobre todo, testarudo. Dejando a un lado lo físico, de todos los Anómalos los duendes son, sin duda, los más parecidos a los hombres.

«¡Que nadie se mueva!», he gritado.

¿Para qué?

Mientras dos enanos terminan de dibujar el pentáculo y un tercero empieza a pronunciar una invocación que mataría de envidia a Jasper, los otros se plantan frente a mí para impedirme el paso.

Por fin extraigo la tarjeta de las profundidades de mis vaqueros y repito mi orden:

—¡Que nadie se mueva!

Es curioso comprobar cómo una simple tarjeta de plexiglás de la Asociación, con una «A» mayúscula grabada encima, puede cambiar las cosas.

Me obedecen.

En el acto.

Y al pie de la letra.

Los siete duendes que se han colocado delante de mí para impedirme el paso se quedan inmóviles. Delante de mis narices. Y siguen impidiéndome el paso.

Los que estaban dibujando el pentáculo también se quedan quietecitos, tan panchos porque han acabado su dibujo.

Y el último sigue recitando tranquilamente su invocación.

—¡Para ya! ¡Mierda! ¡Cállate!

Muy astuta, Ombe, pero llegas tarde. El hechizo, al igual que el pentáculo, ha concluido.

El enanucho que tengo más cerca me lanza una mirada insolente que me infunde unas ganas irrefrenables de plantarle un puñetazo en la cara.

Los duendes no son lo que se dice muy agraciados: tienen caretos arrugados, narices bulbosas, dientes desiguales y un sembrado de verrugas por todas partes; pero cuando, además, se pitorrean de ti, es como para perder la sangre fría.

Consigo controlarme.

—¿Qué narices hacéis?

—Territorio sagrado del bello pueblo, contaminuido por la constructividad de los hombres —alega el duende—. Recupeguardamos lo que antañotrora nos perteneció.

Me dispongo a objetar que sus derechos sobre el instituto son tan inexistentes como defectuoso su vocabulario, pero no me da tiempo, pues, de pronto, el enorme montón de tierra que ha volcado el camión sufre una preocupante sacudida.

Al tiempo que se derrumba por los lados, el centro del montículo se eleva a varios metros de altura y adopta la forma de una columna con aspecto humanoide, y ese aspecto humanoide acaba confirmándose con el añadido de dos brazos del grosor de un cuerpo humano.

—¡¡¡Mierda, mierda, mierda!!!

No es una fórmula mágica, sino la expresión de un sentimiento cercano al pánico. ¡Los canijos han invocado a un elemental!

El elemental termina de formarse tras algunas sacudidas. Mide tres metros de alto por dos de ancho y está compuesto de un conglomerado de tierra y piedras que, me consta, es duro como el cemento. Lo sostienen dos piernas aún más descomunales que los brazos y, aunque su cara es un terrible boceto desprovisto de orificios, el resto del cuerpo se encuentra en perfecto estado de funcionamiento.

Un espíritu elemental no es un Anómalo propiamente dicho. Es más bien una fuerza asociada a la naturaleza, y cobra vida mediante una invocación. Decir vida tal vez sea ir demasiado lejos. Un elemental solo se mueve por pulsiones primitivas y por la voluntad del mago que lo ha invocado. Puede ocurrir que un elemental se autoinvoque, pero esa generación espontánea es poco frecuente y, nueve de cada diez veces, se debe, en realidad, a un sortilegio de protección que algún mago, muerto y olvidado hace mucho tiempo, lanzó en determinado lugar de poder.

El objetivo de un elemental es, casi siempre, regresar al elemento del que ha salido (tierra, agua, aire o fuego), y, como el único modo de lograrlo es cumplir la misión para la que ha sido invocado, procura llevarla a cabo rápido y sin rodeos. El elemental es, digamos, la mano de obra ideal para el invocador que no pretende hacer un trabajo refinado. El que se ha materializado delante de mí no es la excepción. Es evidente que los renacuajos lo han llamado para destruir el instituto desde el tejado hasta los cimientos, y el hecho de que el edificio en cuestión tenga alumnos alojados no le supone al elemental ningún problema de conciencia, como tampoco se lo supone a sus amos. El gigante de tierra da un paso y se coloca en la linde del pentáculo.

—¡Eh, tú! ¡Detente!

He gritado y obtengo el mismo resultado que si le hubiera ordenado a un tren salir volando. Un duende socarrón y malcarado me dirige una mueca feísima.

—Los elementales no cognoscen la existencialidad de la Asociación. No obedensantienden ninarguna ordenanza de las agentes malditas. Chincha...

No sé si se disponía de decir «rabiña» y nunca lo sabré, porque ha colmado mi paciencia. Le pego una patada.

El enanucho recibe mi pie en la barbilla y describe una curva aérea, la mar de armoniosa, la verdad, hasta que se estrella contra el suelo, lo que provoca un ruido en consonancia con su careto: repugnante.

Sus compañeros parecen interpretar este gesto como la autorización para moverse y se dispersan como una bandada de gorriones hacia el patio de recreo y, por tanto, hacia la entrada del instituto.

Un escalofrío de mal presagio me congela los hombros cuando oigo gritos por encima de mi cabeza. Miro hacia arriba. La mitad de los alumnos del instituto están asomados a las ventanas y contemplan la escena aterrorizados.

Para empezar, verme saltar desde el cuarto piso sin matarme ha debido de causarles un efecto de cierta sorpresa. Y, encima, el elemental, que gesticula prisionero dentro del pentáculo, es...

¿Prisionero dentro del pentáculo? ¿De verdad?

—¡Por los cuernos de Lucifer!

Uno de los duendes se ha escondido detrás de una papelera y, a mis espaldas, subrepticiamente, el estúpido bichejo empieza a borrar el pentáculo.

Detengo mi carrera incluso antes de empezar a correr. Es verdad que soy rápida, pero el duende no necesita una abertura de dos metros para liberar al elemental. Bastará con romper tres centímetros de la línea continua del dibujo para dejarlo salir.

Y la prueba es que sale.

El enanucho lanza un grito de alegría.

Es un grito de alegría bastante breve que se apaga en un gorgoteo desagradable cuando el pie del elemental se posa en su cabeza y la transforma en una pizza de anchoas con salsa de tomate.

¿Comprendéis ahora por qué he llamado estúpido a ese bichejo?

Al contrario de lo que se cree, un pentáculo no sirve para invocar, sino para proteger al invocador de su invocado. ¿Me seguís?

Si el dibujo está mínimamente bien hecho, ni el *daedroth* más enfurecido será capaz de atravesarlo. Así, el invocador puede, con total seguridad, o casi, continuar su trabajo, que consiste en formular preguntas que, el noventa por ciento de las veces, se quedan sin respuesta. O probar con un conjuro de sumisión, es decir, intentar controlar a la criatura invocada a través de una magia de altos vuelos reservada a los expertos.

No sé si los duendes habían previsto someter a su elemental y, dado que para informarme solo quedan el enanucho al que he dejado K. O. y su compañero aplastado, presumo que nunca lo sabré.

El elemental lanza un grito atronador, algo así como un rugido de león elevado a la duodécima potencia que se suma al estruendo de una avalancha de rocas; luego parece dudar un instante, pero solo lo parece, y por fin se pone en marcha.

Eso sí que es mala suerte.

Como no está sometido, podía haberse convertido otra vez en un montón de tierra o, si de verdad le apeteciera estirar las patas, irse en la dirección contraria. ¡Pero no! Elige como blanco el edificio del instituto.

A las criaturas, aunque sean criaturas tan poco inteligentes como los elementales, no les gusta que las invoquen, y no conviene cruzarse en su camino cuando se liberan.

Ahora bien, el elemental se ha liberado, está furioso y yo me he cruzado en su camino.

Y eso es lo mismo que decir que me encuentro atrapada en un dilema: ¿huir o no huir?

Esa es la cuestión.

El instinto de supervivencia, aunque en mí esté poco desarrollado, me invita a poner pies en polvorosa; sin embargo, la regla número siete de la Asociación me obliga a no moverme.

La regla estipula que «el agente deberá atenerse rigurosamente al cumplimiento estricto de su misión», y mi misión está clara: solucionar un problema territorial con la mayor discreción posible.

Bueno, lo de la discreción se me ha ido un poco al traste, porque habrá, mal contados, unos trescientos alumnos asomados a las ventanas, por no hablar de los que, en el interior del instituto, están descubriendo que los duendes no solo existen en los libros de Tolkien. Walter no va a pegar saltos de alegría, eso seguro.

Pero la misión todavía puede salvarse, porque solucionar un conflicto territorial puede traducirse, grosso modo, en impedir que un elemental destruya un instituto, ¿no?

Mira por dónde, ya he resuelto mi dilema.

Me planto sobre mis dos piernas, saco la tarjeta profesional y grito con toda la fuerza de mis pulmones:

—¡Asociación! ¡Alto!

«Sin duda, algunos de vuestros encuentros con los Anómalos resultarán ásperos —nos explicó Walter durante un curso, hace poco—. Si es así, recordad que sois agentes de la Asociación y, por tanto, representantes de la ley. Nunca dudéis de vosotros mismos y los Anómalos os respetarán».

Walter es muy convincente y, pese a su mal carácter, ese día no puse en duda la veracidad de sus palabras. Y sigo sin dudar de ellas.

—¡Asociación! ¡Alto!

Hablo con tanta autoridad, con tanta determinación, que estoy segura de que el elemental va a obedecerme. Fijo.

Bueno, pues no me obedece.

Al parecer, ni siquiera piensa respetarme.

Ni un poquito.

En tres zancadas se abalanza sobre mí.

No me da tiempo a intentar ni un movimiento de huida. Un puño más grande que mi cabeza me pega en el tórax y salgo volando tan lejos que, visto con perspectiva, lo del duende de antes parece una juguetona voltereta.

Dolor espantoso de costillas.

Trayectoria rectilínea en dirección a la pared; a ojo, calculo ochenta kilómetros por hora.

Impacto.

6

¡Ay!

7

Demos un pequeño salto atrás en el tiempo.

Tenía catorce años cuando me buscó la Asociación.

No. Este salto en el tiempo no es suficiente para que podáis entender por qué y cómo un elemental enloquecido me lanza contra una pared. Para explicároslo, tengo que retroceder más en el tiempo, hasta los meses siguientes a mi primera aventura, la de la nieve y el camino.

Allá vamos.

El asunto —me refiero al descubrimiento de un bebé abandonado en pleno invierno— tuvo una repercusión enorme. Monopolicé durante semanas la primera página de los periódicos y la atención de un batallón de investigadores que, dicho entre paréntesis, se dedicaron a investigar en vano. Mogollón de gente se apiadó de mi destino y, cuando se concluyó que no era posible dar con mis progenitores, me llovieron avalanchas de propuestas de adopción. En aquella época yo no sabía leer, de modo que un juez y una trabajadora social se encargaron de buscarme una nueva familia.

Tenían un gran abanico de hogares para elegir y, cuando, tras un período de reflexión, por fin escogieron uno, estuve a punto de disfrutar de la infancia más normal del mundo junto a unos padres cariñosos.

A punto. Solo a punto.

Las vicisitudes de la vida, las del papeleo administrativo —mucho más complicadas— y las de la psicología infantil —todavía peores—, quisieron ponerle más interés a la historia.

A las vicisitudes de la vida, las mismas que incitaron a aquella simpática pareja a subirse a un avión para ir en busca de su futura hija —yo, en este caso—, no se les ocurrió otra cosa que hacer explotar el aparato en pleno vuelo. Adiós padres cariñosos.

Luego se añadieron las vicisitudes del papeleo administrativo, que decidieron extraviar mi expediente y después, cuando volvió a aparecer, clasificarme por error en la masa de niños abandonados, pero no adoptables, y los años empezaron a transcurrir.

¿Y las vicisitudes de la psicología infantil?

Pues resulta que, mientras rebotaba de familia de acogida a centro de menores desamparados y de centro de menores desamparados a familia de acogida, desarrollé un agudo sentido de la autonomía que unos doctos médicos denominaron «patología de la fuga»; y generé, además, una necesidad legítima de razonar por mí misma, cualidad que los mismos doctos médicos denominaron «alergia irremediable a cualquier forma de autoridad».

Total, que yo tenía poco más de cinco años cuando un posible futuro hermano mayor, el mayor de una posible futura familia, me tiró del pelo para obligarme a jugar a los médicos con él. Estábamos en la cocina y solo tuve que tender el brazo para atrapar una sartén de hierro que pasaba por allí. Cuando se aplacaron los ardores médicos del posible futuro hermano mayor, salí de la casa por la ventana.

Que esa ventana estuviera situada en un tercer piso no tuvo efectos notorios en el acontecimiento, pero los veintitrés puntos de sutura que me dio el practicante borraron el adjetivo «posible» de nuestro futuro común y la expresión «qué monada de niña» de la boca de sus padres, que la sustituyeron por «no estamos dispuestos a acoger en nuestra casa a una niña tan inestable y potencialmente peligrosa».

Inestable y potencialmente peligrosa.

Hicieron una descripción parcial —parcial tanto en el sentido de arbitraria como en el sentido de incompleta— de mi personalidad, que habría de acompañarme durante la infancia y la adolescencia, pero que, no obstante, no logró amargar esos períodos de mi vida. ¿Sabéis por qué? Porque me trae al pairo lo que la gente piense de mí. Totalmente. Es más, la idea de que se me considere potencialmente peligrosa me resulta más bien gratificante.

Así que crecí rodeada de amigos en lugar de los habituales hermanos, rindiendo cuentas, de vez en cuando, a educadores en lugar de a padres. Hoy puedo decir, con conocimiento de causa, que viene a ser prácticamente lo mismo.

Bueno, eso creo.

Total, ¿qué pasa con la Asociación?

¿Os suena ese accidente famoso de una noria en un parque de atracciones de Montreal? ¿No? Tuvo mucho eco... mucho más que el que hizo mi vagoneta al soltarse.

En esa época tenía catorce años y el equipo del centro que me acogía desde hacía algunos meses tuvo la brillante idea de llevarnos de excursión a la isla de Santa Elena.

La noria no es la atracción más impresionante del parque. Para sensaciones de cierta intensidad están el Goliath o el Vértigo, que pertenecen a una categoría superior. Pero para los que siempre han soñado con ser un pájaro, la noria es lo más. Traté de convencer a mis amigas para que montaran conmigo, pero no les apetecía, así que me subí yo sola para elevarme hasta el cielo.

Di dos vueltas y, cuando iniciaba el descenso, se oyó un crujido siniestro por encima de mi cabeza, en los enganches metálicos. No tuve tiempo de hacerme preguntas ni de sentir miedo. Mi vagoneta se soltó en medio de un estruendo bestial. Rebotó en los radios de la noria, chocó contra el eje, rozó el tejadillo de un puesto de algodón de azúcar y terminó el vuelo estampándose contra un árbol.

¿Y sabéis qué?

No me rompí ni una uña.

Estaba sola en la vagoneta y, cuando salí de allí, ante la mirada atónita de los curiosos, tenía las ideas algo revueltas, pero mi cuerpo se encontraba en perfecto estado.

«Sobrevive milagrosamente a un accidente de noria», se podía leer en los periódicos al día siguiente. Uno de los periodistas, seguramente bajo los efectos de alguna droga psicotrópica, no dudó en compararme con un ángel caído del cielo. Es verdad que tengo el pelo rubio y que a los catorce años ya era muy mona, pero la ocurrencia del ángel me dio bastante risa.

Al día siguiente, un hombre fue a verme al centro. Se presentó como perito del seguro, encargado de la investigación del accidente ocurrido el día anterior, pero enseguida comprendí que era otra cosa.

—¿Has vivido otros sucesos parecidos? —me preguntó, tras tomar notas sobre las circunstancias del accidente, como para disimular.

Lo miré a lo más hondo de los ojos para asegurarme de que no me estaba tomando el pelo.

—Sí.

Comprobó que nadie nos escuchaba y se inclinó hacia adelante.

—¡Cuenta!

—Cada vez que me subo a un tiovivo, se rompe.

Puso los ojos como platos.

—¿Ah, sí?

—No. Pero si de verdad quiere que le cuente mi vida, tendrá que explicarme quién es usted y qué busca.

La sorpresa que se dibujó en el rostro del tipo me causó el mismo placer que una chocolatina de avellanas. ¿Por qué los adultos se creen tantas veces que adolescencia solo rima con deficiencia y no con inteligencia?

Dudó un momento y decidió desembuchar.

—Trabajo para una asociación especial. Una asociación que tiene filiales por todo el mundo, pero que muy poca gente conoce.

—¿Una asociación secreta?

—Exacto, una asociación secreta.

—¿Y usted qué hace en esa asociación? ¿Espionaje? ¿Tráfico de drogas? ¿Lavado de dinero? ¿Venta de armas?

Esa fue mi segunda chocolatina de avellanas de la conversación.

—No. Controlamos a los Anómalos.

—¿Los qué?

—Los Anómalos. Son criaturas que la mayoría de los hombres consideran míticas, aunque en realidad sí existen.

—¿Criaturas?

—Vampiros, troles, hombres lobo, demonios necrófagos, *daedra,* elementales, toda clase de espíritus, duendes, *kobolds,* y todos sus parientes menos conocidos, pero igual de reales…

El hombre se calló para saborear, a su vez, la chocolatina que le ofrecía mi estupor.

—¿Está de guasa?

—En absoluto. Los Anómalos existen, y el objetivo de la Asociación no es destruirlos ni revelar su existencia, sino controlarlos. Eso sí, con absoluta discreción, con el objetivo último de preservar el frágil equilibrio que reina entre ellos y nosotros, que somos, por decirlo así, las criaturas normales.

Dejé escapar un silbido.

—¡Guau! ¡Qué pasada de trabajo!

—¡Dímelo a mí! Es complicado y, a veces, peligroso; pero es apasionante.

—No obstante, suponiendo que no sea usted un mitómano y que los vampiros o los troles no sean una leyenda, no debe de ser fácil... controlarlos.

—Pues no, esa es la verdad. Por eso la Asociación recurre a los Paranormales.

—¿Los qué?

—Los Paranormales. Humanos que poseen un poder, un talento, una capacidad que los hace... diferentes y, por tanto, aptos para controlar a los Anómalos. No hay muchos. Por eso, cuando descubrimos uno, o una, hacemos lo posible por contratarlo. La Asociación tiene un departamento entero encargado de localizar Paranormales y convencerlos para que se unan a la Asociación. Yo trabajo en ese departamento.

—¿Y?

El tipo sonrió.

—Yo estoy venga a hablar, pero tú no has dicho nada.

—¿Es que tengo algo que decir?

—Sí. Puedes explicarme, por ejemplo, cómo has podido salir ilesa de una vagoneta que se cae desde treinta metros de altura, rebota más de diez veces y se estrella contra un árbol…

Reflexioné durante un segundo y me encogí de hombros. Todavía no se lo había contado a nadie y no pensaba hacerlo antes de mi cumpleaños ciento cincuenta, pero es de idiotas no cambiar nunca de opinión, ¿verdad?

—Digamos que… no me rompo con facilidad.

Me devolvió una amplia sonrisa.

—¿De verdad?

Ese tipejo no parecía dispuesto a conformarse con un eufemismo. Punto positivo para él.

¿Quería saber?

Pues se iba a enterar.

—Bueno. Digamos que soy casi irrompible.

8

Casi irrompible.

Cuando me empotro contra la pared del patio, tengo el doloroso sentimiento de que he llegado al límite del adverbio «casi».

El choque es tan violento que varias partes esenciales de mi cuerpo, entre ellas los brazos, las piernas, las vértebras y las costillas, me reclaman inmediatamente su autonomía. Una autonomía que mi cerebro, que está bastante ocupado inventándose el adjetivo «niebloso», está dispuesto a concederles con tal de tener un poco de paz.

Caer al suelo me parece bien, aunque me niego a caer en la inconsciencia, y, en un esfuerzo añadido, meto la mano en el bolsillo. Al sentir el contacto de mi móvil —uf, no está roto—, la cohesión regresa a los órganos y la coherencia a la mente.

Marco el número de Jasper con el dedo, que, por culpa de la urgencia, se mueve febrilmente. No responde sino hasta el tercer tono de llamada. Mientras tanto, el elemental ha recorrido la mitad de la distancia que lo separa del edificio del instituto.

—¿Quién es?

La voz de Jasper suena tan agresiva que casi no lo reconozco; agresiva y jadeante al tiempo. La mezcla, sobre un fondo de crujidos, chasquidos y otros ruidos, resulta tan sorprendente que, por un segundo, olvido mi situación para preocuparme por la suya.

—¿Jasper? Soy Ombe. ¿Va todo bien...? ¿Qué son esos ruidos...?

—No pasa... nada, todo va bien. Estoy persiguiendo a un... sospechoso... cuadrado... un armario... Estoy a punto de... alcanzarlo... Ya no tiene... escapatoria.

Quien dice sospechoso dice Anómalo. La imagen de Jasper corriendo detrás de un hombre lobo, un vampiro o un gnomo me parece tan absurda que, inmediatamente, dejo de preocuparme por él.

—Ya... Jasper, tengo una duda. ¿Cómo se vence a un elemental de la tierra?

—Un... esto... —balbucea con su elocuencia habitual—. Agua... Hay que mojarlo con agua... ¿Por qué...? ¿Lo has...?

Cuelgo.

Jasper es un pozo de sabiduría, un pozo de sabiduría profundo y muy útil, pero no es todo talento; de hecho, solo posee este talento. Aparte de su fastidiosa tendencia a mirarme el escote, al teléfono, por ejemplo, resulta más pegajoso que un chicle en el zapato. Y, como comprenderéis, tengo cosas más importantes que hacer que quedarme a charlar por teléfono.

Me levanto con una mueca de dolor y echo una mirada a mi alrededor. ¡Ya lo tengo! Veo una larga manguera de riego enrollada alrededor de una llanta de camión de un color rojo vivo, y está esperando a que se produzca algún incendio que le haga vivir su momento de gloria.

Voy cojeando hasta la válvula, la abro al máximo, agarro la manguera, desenrollo unos metros y apunto con ella al hocico del elemental, que se me viene encima como un *golem* hinchado de hormonas de crecimiento.

Le enchufo un auténtico géiser. Tan fuerte que me hace retroceder tres pasos.

El elemental ni se inmuta. Al contrario: cuando ya me lo estaba imaginando transformado en un charco de lodo, el agua parece endurecerlo, incluso darle la flexibilidad que le hacía falta. Duro y flexible. Sí, señor: ¡es posible!

Inclina sus tres metros de barro, agarra con las manos una de las columnas que sujetan el patio de recreo y la arranca de golpe. La columna se desarraiga de los cimientos y, de pronto, al techo le sale una preocupante barriga.

¡Demonios! Reacciona, Ombe. ¡Reacciona!

Sigo sujetando la manguera. Salgo corriendo, me agacho para evitar un puñetazo que, de haberme dado, me habría arrancado la cabeza —por eso es tan importante el adverbio «casi» colocado antes de «irrompible»—, me sitúo entre las piernas del elemental, me levanto, doy vueltas alrededor de un tobillo más grueso que mi tórax, esquivo un segundo puñetazo, paso detrás del otro tobillo, vuelvo a colarme entre las piernas del elemental...

Una tremenda bofetada me roza la mejilla y me da a entender que no conviene que me entretenga demasiado. Salto hacia atrás y la manguera se tensa. Espero que los fabricantes la hayan diseñado con resistencia suficiente.

El elemental viene detrás de mí.

Mejor dicho, intenta venir detrás de mí.

Tiene los pies atados y, como su cociente intelectual es más bajo que la producción de fresas en Groenlandia, no se da cuenta de ello hasta que tropieza y se estampa contra el suelo.

Justo en el sitio que yo quería: sobre los tallos metálicos que salen del suelo, en el lugar donde estaba plantada la columna.

En medio de un estruendo de mil demonios, se levanta una nube de polvo que lo cubre todo, pese al agua que sigue saliendo de la manguera.

Bueno. Tal vez no se pueda licuar a un elemental regándolo con agua, pero tampoco se le destruye perforándolo, ni siquiera acribillándolo a agujeros. En cambio, si se logra inmovilizar al bicho un buen rato, es posible desmontarlo pieza a pieza. Solo hace falta tener la motivación suficiente y estar lo bastante cachas.

Por la motivación no hay que preocuparse, pues tengo un rebote considerable desde que solté mi conjuro fallido, y la pista falsa que me ha dado el memo de Jasper no me ha solucionado la papeleta para nada. En cuanto a la fuerza...

Digamos que no se lo conté todo al tipo de la Asociación que me contrató en Montreal.

El elemental está tumbado boca abajo, clavado en el suelo, atravesado por cuatro tallos de acero. Todavía tiene los pies atados, pero en pocos segundos se levantará y continuará su trabajo de demolición.

No pienso concederle esos segundos.

Corro para coger uno de los picos que han dejado tirados los duendes, vuelvo a toda prisa, levanto el pico por encima de mi cabeza y, lanzando un jadeante grito de leñador, se lo clavo en el codo al elemental.

Le he abierto una brecha hermosa. Dos golpes más y le arranco el antebrazo; así lo tendrá difícil para apoyarse en él.

El resto es cuestión de método… como Descartes.

Arremeto contra el segundo antebrazo y las rodillas, doy unos golpes salvajes y precisos en la columna vertebral —o en lo que hace las veces de columna vertebral— y termino el trabajo reduciéndole el cráneo a gravilla.

Cuando suelto el pico, estoy empapada en sudor, pero el elemental ha dejado de patalear.

Bueno, veo que algunos de vosotros meneáis la cabeza, como insinuando que tengo una extraña forma de controlar a los Anómalos y que a este ritmo pronto no me va a quedar ninguno al cual controlar…

Pero dejemos las cosas claras.

Primero: los elementales no son Anómalos propiamente dichos, porque se crean por medio de la magia, a partir de un elemento, y no tienen existencia propia.

Segundo: yo hago lo que me da la gana.

Y de momento me da la gana de poner punto final a mi misión y largarme. Y, de paso, también quiero echarle el guante a Jasper y pedirle cuentas. A cabezazos, si se tercia. «Hay que mojarlo con agua». ¡Pero qué bestia!

Bueno, con calma: cada cosa a su tiempo. Ya me ocuparé de Jasper.

Seco el sudor que me chorrea por el rostro, estiro las articulaciones del cuello y de los hombros y entro en el instituto para buscar duendes.

Los gritos procedentes del tercer piso me guían con la misma eficacia que un GPS. Allí están los enanuchos, aterrorizando a una decena de estudiantes atrapados al fondo del salón de actos.

Y allá voy yo gruñendo, gesticulando, enseñando los dientes, tirando las mesas. Quiero acabar de una vez con la pantomima de esos pequeñajos malcriados, que, no obstante, es lo bastante eficaz para provocar temblores de dientes, lloros y gritos de angustia entre los estudiantes.

Atrapo al canijo más cercano por el cuello y lo levanto para mirarlo a los ojos. ¡Puaj, qué cosa más fea!

—¡Ya bastauái!

«Ya bastauái», mezcla explícita de «ya basta» y de «au, ay». «Ya basta» porque ya se me han hinchado las narices y «au, ay» porque la asquerosa cucaracha me ha mordido.

Un acto reflejo, por definición, es algo que no se controla. Lanzo al mordiente lo más lejos que puedo. Por desgracia, la ventana está abierta, lo que me permite confirmar el antiguo principio según el cual la diferencia entre un pájaro y un duende no está en su forma de cantar. Se estampa contra el suelo doce metros más abajo y le parece que lo más lógico del mundo es morir en el acto. Un duende menos.

En el salón de actos empieza a soplar un vientecillo de pánico. Los duendes corren hacia la salida, pero yo corro más rápido que ellos y les corto el paso. En barullo, dan media vuelta hacia los estudiantes, cuyos gritos son cada vez más sonoros. En alguna parte del instituto una sirena de alarma inicia un concierto, mientras, en la calle, sus primas de la policía y los bomberos le dan la réplica.

«¡Discreción, Ombe, discreción!». La imagen de Walter, con la cara morada destacando sobre su camisa azul y su corbata amarillo limón, me provoca un chirrido de dientes. Chirrido que transformo en una orden o, mejor dicho, en varias órdenes:

—¡Eh, renacuajos, no os mováis! Los demás, salid del salón con calma.

Por una vez, me obedecen. No al pie de la letra, pero al menos me obedecen. Los duendes, aunque siguen moviéndose, dejan de intentar abrirse paso, y los alumnos salen del salón de actos. No con calma, pero abandonan el salón.

Con el rabillo del ojo veo unos diez o doce vehículos con faros giratorios que entran en el patio. Una horda de uniformados sale de los coches y se despliega con la misma eficacia que si fueran actores profesionales de una película de acción *made in USA*. Espabila, Ombe, tienes el tiempo contado.

Saco mi tarjeta, ocultando con el pulgar las palabras «en prácticas» escritas debajo de la «A» —que para mi gusto se notan demasiado— para dejar claro que soy miembro de la Asociación, y grito:

—¡A cerrar el pico todo el mundo! ¡Que nadie mueva un pelo del cuerpo!

«Para hacerse entender, el agente avezado adaptará su vocabulario al Anómalo al que se dirija».

El consejo de un eminente especialista en idiomas de los Anómalos me viene a la mente algo tarde. Mientras la mitad de los duendes contemplan los picos que están tirados por el suelo, preguntándose cómo será posible eso de «cerrar un pico» si, para colmo, no tienen autorización para acercarse a él, los otros observan con consternación los pelos que cubren cada centímetro cuadrado de su piel. Repito la orden con otras palabras:

—¡Callaos y no os mováis! —Y sigo diciendo—: Habéis roto el contrato. Si no regresáis a vuestras cavernas inmediatamente y para siempre, os condenarán a pagar 1.312 monedas de oro por cada día de presencia en el exterior, más medio litro de sangre de dragón cada vez que un humano os vea por ahí.

He estudiado las costumbres de los duendes y sé que el dinero es su punto débil. Por eso, en la semana que he pasado vegetando en este recinto, he tenido tiempo para preparar mi frasecita. No obstante, los efectos de mis palabras van más allá de lo que nunca hubiera imaginado ni en mis sueños más descabellados. Los duendes caen postrados y, en un unísono maravilloso, me suplican:

—No, por piedad, no merecierásemos que nos arruinuses con el precio extensivamente carísimo de la sangrie de dragón y con el precio desborbitado de tantas y muchas mornedas de oro muy caro.

Sin ninguna clase de piedad, les atizo el golpe de gracia:

—Tendréis que correr con los costes del proceso que os va a meter la Asociación, vuestra reputación quedará arruinada y lo más probable es que la Gran Boca Desdentada no quiera volver a saber nada de vosotros nunca más.

El segundo punto supersensible de los duendes es su reputación. Uno de ellos se desmaya; sus compañeros no tienen mejor pinta.

—Si no queréis que os consideren un pueblo de mentirosos y perjuros endeudado para toda la eternidad, marchaos a casa y no volváis por aquí.

Con un gesto autoritario señalo la salida, a la que los duendes se dirigen a todo correr. En pocos segundos me encuentro sola.

Pero no por mucho tiempo, porque en las escaleras se oyen ruidos de pasos, llamadas, gritos... Ya es hora de que me las pire.

Discreción, Ombe. Discreción.

9

Mi moto, una Kawa Z1000 más negra que la noche, arranca como la seda.

Me chifla el canto de su motor, transmitido a través de sus cuatro tubos de escape. A poca velocidad, suena como un rumor apagado, pero a partir de cinco mil revoluciones empieza a hacerse más agudo, se convierte en un rugido al llegar a siete mil, y cuando alcanza nueve mil es la apoteosis. Además, mi máquina no está manipulada ni nada. O apenas.

Les concedo a mis oídos un momento de deleite y a mi mente un instante de sosiego y, cuando ya estoy soñando con pisar a fondo, giro la llave y cojo el teléfono.

Atiende la llamada *mademoiselle* Rose, uno de los pilares de la oficina de la Asociación en París. Son las siete de la tarde, pero me da que, aunque estuviéramos en mitad de la noche, también habría respondido. Me pregunto si tendrá una vida propia al margen de la Asociación.

—¿Sí, Ombe?

Otro rasgo especial de *mademoiselle* Rose es que, aunque mi número de teléfono sea oculto, siempre sabe que soy yo quien llama.

—Yo… Esto…

Otra de sus cualidades es que me hace perder los papeles. Cuando la tengo enfrente, tartamudeo y me pongo colorada, como si me convirtiera en la niña tímida que nunca fui. Es terrible, pero, por mucho que intente superar mi torpeza, siempre me acaba pasando lo mismo.

Bueno, recobro el ánimo:

—Ya he concluido la misión. Los enanuchos renuncian a sus pretensiones en relación con el instituto.

—¿Los enanuchos?

—Digo… los duendes.

—Perfecto.

—Esto…, ¿*mademoiselle* Rose?

—¿Sí, Ombe?

Por todos los demonios, solo falta que me eche a llorar.

—Esto…, en cuanto a lo de la discreción, yo… me he pasado un poquillo de rosca.

—¿Un poquillo o mucho?

El tono de *mademoiselle* Rose no se ha alterado ni un ápice, y sería inútil tratar de buscar en ella un mínimo rastro de emoción, pero a mí me entran todos los temblores del mundo.

—Pues… mucho.

—De acuerdo. Pongo en marcha el procedimiento de limpieza.

Y he aquí otra singularidad de *mademoiselle* Rose: con ella nunca hay ningún problema. Solo soluciones. Me quito de los hombros un peso considerable y lanzo un suspiro de alivio... que se me queda atascado en la garganta.

—¿Ombe?

—Eh... ¿sí?

—Te esperamos en la oficina de la Asociación mañana a primera hora.

Y cuelga.

¡Mierda! Era demasiado bonito para ser cierto. Una citación en la calle de El Horla, número trece, significa pasar por el despacho de Walter y, aunque no me asusta, a pesar de su cargo de director de la agencia de París, tampoco es que me apetezca chuparme el rapapolvo que me tiene preparado.

No me apetece ni un poquito, pero no tengo escapatoria.

¡Mierda!

Tampoco me dura mucho el mal humor. ¿Cómo puede uno estar de mal rollo circulando a mil por hora en una moto que responde inmediatamente al menor de los ruegos?

Es imposible, y cuando entro en el anillo periférico no puedo contener unas risotadas de felicidad dentro de mi casco. La vida es bella, Ombe. ¡Disfrútala!

Tengo una Kawa nuevecita, además de un teléfono último modelo y un portátil. Y todo gracias a la increíble suerte que, una tarde del mes pasado, me llevó a tomarme un café en un bareto de la calle Legendre. ¿Os lo cuento? Tranquilos, seré breve.

Estaba sentada al fondo del local, cuando se me acercó un hombre: unos cuarenta tacos bien llevados, aseado, bien vestido, pero para nada mi tipo. Me disponía a largarlo, pero se me adelantó:

—Tranquila, señorita, no tengo intención de ligar con usted, solo vengo a proponerle un trabajo fácil y bien remunerado. —Debió de notar que su frase no produjo el efecto tranquilizador que buscaba, porque, sin pararse a tomar aire, el tipo siguió diciendo—: Soy fotógrafo y trabajo para una conocida revista. Estoy preparando un reportaje sobre el movimiento gótico. Necesito modelos y usted responde exactamente a lo que busco.

—Yo no soy gótica.

Asintió con la cabeza.

—Ya, pero es muy fotogénica; me ha dejado sin respiración en cuanto he entrado en la cafetería. Eso es lo único que importa. En el estudio le daremos la ropa y el maquillaje adecuados para la sesión de fotos.

Me miré en un espejo que había cerca: pelo rubio, corto y despeinado, ojos azules —bonitos, la verdad, pero no dejan de ser simple y llanamente dos ojos—, camiseta sin mangas (estábamos en pleno noviembre y hacía un frío espantoso, pero me había dejado la cazadora en el piso) y vaqueros, y, como estaba sentada, el hombre no podía adivinar que no tengo mal tipo.

Si el tío no era un ligón con una imaginación desbordante, yo ya tenía un plan para sacar a flote mis finanzas, que llevaban en números rojos… toda la vida.

—¿Cuánto es «bien remunerado»?

Me dijo la cifra.

¡Glubs!

Estuve a punto de preguntarle si estaba hablando en céntimos, pero me contuve a tiempo y puse cara de sobrada mientras hacía cálculos a toda velocidad. ¡El equivalente a dos años y medio de mi sueldo como agente en prácticas!

¡Guau!

—¿Por sesión?

El hombre sonrió sin contener una mueca de sorpresa.

—¡Es usted buena negociadora!

—Sé lo que valgo.

—Creo que una sesión será suficiente, pero si alguna vez necesitara sacarle más fotos, ya conozco sus tarifas. ¿Cuándo estaría disponible?

—Ya mismo.

Lo solté sin pensar y él me tomó la palabra.

—De acuerdo.

Así fue como, una tarde cualquiera de noviembre, me vi disfrazada de gótica, tendencia *gore,* en el estudio de un fotógrafo, mientras me ametrallaban con el flash por todos lados y desde todos los ángulos.

Y, sobre todo, así fue como me vi en posesión de un fajo brutal de billetes morados que hasta entonces solo había visto en las películas.

Y, por último, así fue como, al día siguiente, rodaba por la carretera colgada del manillar de una moto de alta gama.

La misma moto que, en el mismo momento en el que os estoy contando esto, circula en medio de los atascos parisinos con la elegancia de una raya que surca los arrecifes de coral. La imagen es chula, ¿a que sí?

Yo vivo en un pequeño piso de la calle Muad'Dib con dos chicas que conocí a través de una página de internet para buscar compañeros de piso. Cuando llegué a Francia no me entusiasmaba la idea de compartir la cocina y el cuarto de baño con desconocidas, pero el estado de mi cuenta bancaria no me dejaba otra opción.

Confieso que, aunque me esperaba lo peor, me alegré de descubrir a dos chicas supermajas. Laure es alegre y exuberante, y está preparando un máster de comunicación, y Lucile es alta y discreta y lo suyo es una titulación de etnología. Para ellas, soy estudiante de inglés en la universidad, un papel fácil de representar, pues en realidad sí que estoy inscrita en la universidad y, además, hablo inglés desde que tengo uso de razón, o casi. Durante mis estudios en Canadá también aprendí japonés, ruso, italiano y español, y lo logré en menos tiempo del que tarda un bretón en dominar el arte de hacer masa para crepes. No os sorprendáis, ya os he dicho que soy una crac en lenguas. Al menos, en lenguas vivas.

Nuestros respectivos horarios nos dejan bastante tiempo libre y, sin llegar a una promiscuidad afectiva que nos agotaría, pasamos juntas buenos ratos, incluso veladas de locura total, las tres solas o en compañía de aquellos que, en un momento dado, tienen la suerte de cruzarse en nuestro camino. Digo lo de en un momento dado porque ni mis compañeras ni yo mantenemos relaciones estables, y nuestros amigos son, en todos los sentidos de la palabra, personas de paso.

Cuando llegué a Francia, creía que la incapacidad de relacionarme de forma estable era un rasgo adquirido durante mi infancia; una especie de efecto secundario de la falta de padres. Pero con Laure y Lucile me di cuenta de que los caminos que conducen a la autonomía y a la necesidad de independencia son numerosos y muy diferentes.

Así, Laure, para probar el intenso, legítimo y, en su caso, muy frecuente placer de enamorarse, tiene perfectamente asumida la brevedad de sus relaciones. Y como quiere mantenerse disponible para el siguiente enamoramiento, que nunca tarda en llegar, procura no meterse en amistades que le devoren el tiempo y la energía.

Por su parte, Lucile considera que la etnología es un arte de vivir, más que un tema de estudio, y muchas veces, al volver a casa, nos la encontramos charlando con algún inmigrante bosnio, un sin papeles de Mali, alguna boliviana con sus hijos o cualquier otro invitado sorpresa que desaparecerá igual que vino: deprisa y en silencio. Parece que solo existieran en una página de la eterna tesina que escribe nuestra compañera de piso.

Mi caso es diferente. Si Laure y Lucile han elegido la independencia, a mí me ha venido impuesta por la vida, y no me refiero solo a mi condición de huérfana.

Desde muy pronto me di cuenta de que desprendía un aura extraña que atraía a las personas igual que una bombilla atrae a las polillas. Jóvenes y no tan jóvenes se arremolinaban a mi alrededor para hablar conmigo, tenían ganas de abrazarme, de darme besos... Pero esa atracción, que muchas veces me resultaba incómoda, no duraba mucho y se transformaba en un sentimiento que variaba entre el temor, la deferencia y la repulsión. Me daba la sensación de que era como un imán de polaridad cambiante, que pasaba de ser fascinante a resultar insoportable en función de un imperceptible y misterioso chasquido de dedos, sin que pudiera comprender qué provocaba la fascinación o la aversión.

Con los años, esa extraña aura se consolidó y acabé denominándola mi «R.E.G.-HALO»: refinado encanto de mi gracioso halo. Por ejemplo, los chicos revolotean a mi alrededor como abejas en torno a un bote de miel, pero, en cuanto me llevo a uno a la cama, y después de un breve e intenso estallido de pasión, ya está deseando salir de ella. Por lo que respecta a mis amigos, brillan tanto por su volatilidad como por su número.

Que quede claro: no me cambiaría por nada ni por nadie en el mundo, ni cambiaría mi aura (y tengo aura para rato). Mi situación conlleva muchas más ventajas que inconvenientes, empezando por una libertad que considero la droga definitiva: te provoca unos efectos increíbles sin ningún riesgo de sobredosis.

A Lucile, a Laure y a mí nos preocupaba protegernos y evitar un potencial baño de sangre. Por eso establecimos, desde los primeros días de convivencia, un código de supervivencia común que adoptó la forma de una impresionante lista de derechos y deberes que colgamos en lugares estratégicos del piso.

Pero ante la longitud de la lista, nuestra incapacidad para hacerla exhaustiva y, seamos francos, nuestras dificultades para respetar su contenido, dimos marcha atrás.

Lo esencial, hay que quedarse solo con lo esencial; de modo que depuramos nuestro código hasta dejarlo perfecto.

Solo hay una norma: no se traen chicos dos noches seguidas o, si vienen, no pueden dormir en la misma cama.

Por lo demás, nos las apañamos bastante bien.

Laure, Ombe y Lucile.

Nos entró la risa cuando nos dimos cuenta de la palabra que forman nuestras iniciales, y las escribimos con mayúsculas en nuestra puerta: «¡LOL!».

Los que crean que esto no es divertido, que se pierdan un rato por ahí.

10

Calle de El Horla, número trece. Para instalar su oficina francesa, la Asociación ha escogido un vetusto edificio con la fachada combada que luce su decrépito aspecto entre las obras de un proyecto de residencia que nunca llegó a nacer y un turbio hotel que alquila habitaciones por horas.

En lo que a discreción se refiere, Walter —si es que fue él quien eligió el sitio— se ha superado a sí mismo. En cuanto a categoría, la cosa es realmente lamentable.

Empujo la puerta. La entrada, de unos tres metros cuadrados que no son cuadrados para nada, apesta a meado y a colilla fría; los folletos que cubren el suelo casi por completo se imprimieron antes de la invención de la escritura, y la luz de la única bombilla que cuelga del techo apenas permite intuir los primeros peldaños de la escalera de subida a las plantas superiores. Es todo un paraíso para cucarachas ambiciosas o una fuente de inspiración para poetas malditos. Poned una equis en la casilla que os corresponda.

Inicio mi ascenso. En el primer piso, paso delante de una puerta en la que algún extraterrestre ha colocado una placa alucinante: «Asociación de Jugadoras de Bingo». Ignoro lo que es el bingo, pero imaginarme a unas señoras asociadas que se divierten jugando a esa cosa me pone los pelos de punta. Sobre todo porque ya me he cruzado alguna vez en el portal con la señora Deglu, la presidenta de la asociación. El bingo debe de ser una forma de vudú o algo así, solo que más espeluznante.

El segundo piso es el de la Asociación. Si alguna vez un agente despistado sube hasta el tercero, se encontrará con otra rareza llamada Club Filatélico.

Para seguir con la pasión por el diseño de mis empleadores, solo diré que un alma caritativa ha inscrito «La Asociación» en un letrerito inmundo.

Cuando le pregunté a *mademoiselle* Rose por qué no había timbre en la puerta, se limitó a sonreír. Más tarde, Jasper me lo explicó.

—¿No notas la magia que vibra en la puerta?

—Pues... no. Solo noto olor a moho.

—La han sometido a unos sortilegios increíbles. El que los elaboró sabía lo que hacía, te lo aseguro.

—¿Para qué sirven esos sortilegios?

—Para proteger la puerta. Ni un misil disparado a bocajarro le haría un rasguño.

—¿Y por qué narices va a disparar alguien un misil contra esta puerta?

—Pues... para entrar.

—Para entrar, basta con llamar. La puerta se abre automáticamente.

Jasper puso esa sonrisilla de suficiencia que me saca de quicio.

—Cuando llamas se ponen en marcha otros sortilegios. La gente que está dentro sabe inmediatamente quién eres y cómo vas vestido, equipado y armado. Si vienes con malas intenciones, lanzan un hechizo y, ¡toma!, te funden en el sitio.

Al llamar a la puerta de la Asociación recuerdo a Jasper y sus explicaciones. ¿Fundirme en el sitio? Espero que Walter no esté tan enfadado.

Se oye un clic y paso al interior.

—Hola, Ombe.

—Eh…, hola, *mademoiselle* Rose.

Está sentada a su mesa, que se encuentra situada de tal forma que puede controlar con una sola mirada a los visitantes que llegan a la oficina de la Asociación y se adentran en los dos pasillos que hay a cada lado de la puerta.

Tiene el pelo gris recogido en un moño, gafas redondas con montura de metal y una chaqueta de un color tan neutro que parece irreal. Sus rasgos son los de una persona siempre impasible. Es el arquetipo de la austera secretaria del siglo pasado, solo que… es *mademoiselle* Rose. La primera vez que la vi me di cuenta de que era mucho más que la mujer que aparentaba ser. Si mi descripción no resulta clara, os propongo que subáis al segundo piso de la calle de El Horla, número trece, para formaros vuestra propia idea del personaje.

Mademoiselle Rose es la secretaria de la oficina de París. Se encarga de coordinar las misiones de los agentes, de gestionar la relación con la oficina internacional, de arreglar las posibles meteduras de pata y se pasa veinticinco horas al día delante del ordenador, aunque un persistente rumor dice que esta mujer es el último recurso de la Asociación cuando surge un problema grave sobre el terreno.

—Siéntate, Ombe.

Es curioso comprobar cómo una simple frase, pronunciada con un tono tan neutro, puede parecer una orden. Y es curioso también que alguien tan insumiso a la autoridad como yo no se plantee ni por un segundo la posibilidad de desobedecer esa orden. Me siento.

—Tu informe.

Con ella hay que ir al grano. Como no tengo ninguna gana de explayarme contando mi fracaso, resumo mis aventuras del día anterior en menos de diez frases. Me escucha sin pestañear y solo parece algo sorprendida al final del relato. Y cuando digo sorprendida, estoy exagerando a lo bestia, porque se limita a levantar una ceja.

—¿De verdad lo derribaste con un pico?

—Eh… sí. Bueno…, sobre todo la cabeza. Y también los brazos. Ah, y las piernas.

—Muy bien.

Deja en la mesa el lápiz con el que ha tomado sus notas. En ese momento —en lo que yo considero de una coordinación demasiado perfecta como para no ser deliberada— se abre una puerta en el pasillo y deja salir el vozarrón de Walter cual rugido de morsa furibunda:

—¡¡¡OMBE!!!

Un esbozo de sonrisa aflora en los labios de *mademoiselle* Rose, pero es tan fugaz que seguro que lo he soñado. *Mademoiselle* Rose no sonríe. Jamás.

—Deberías ir, Ombe. Walter está un poco tenso.

¿Tenso? Más bien apoplético.

Walter es un viejuno gordo y calvo de por lo menos cincuenta años. Casi siempre tiene el rostro más colorado que el culo de un babuino, y procura realzar ese color vistiéndose con execrables atuendos en los que conjunta camisas y corbatas con tan mal gusto que solo puedes decirte que lo hace aposta.

Cuando entro en su despacho, es justo su pinta lo primero que ataca a mis ojos. Casi me explotan: camisa rosa fucsia con un delicado bordado amarillo chillón en el bolsillo y una corbata azul petróleo con lunares blancos. Medalla de oro a la horterada. Escalofriante. Mortal.

Pero Walter no me da ni un segundo de tregua para dejarme morir.

—¡Discreción, Ombe! —vocifera—. ¡Discreción!

Es irónico lo de exigir discreción vociferando de ese modo, digo yo.

—La Asociación se rige por nueve reglas —sigue vomitando sin siquiera respirar—, ¡y cada una de ellas se basa en la dis-cre-ción!

—¿Incluso la cuarta?

Si yo fuera prudente, me callaría y dejaría que la tempestad amainara poco a poco, pero no puedo evitar pasarme de lista.

Lo bueno es que Walter ahora parece desconcertado.

—¿Qué pasa con la cuarta? ¿Con qué cuarta?

—La cuarta regla: «El agente deberá tener como mínimo quince años de edad».

Walter se saca del bolsillo un mantel, digo, un pañuelo, y se limpia el sudor que le chorrea por la frente.

—¡También! —reacciona con retraso—. La cuarta regla también. La Asociación no contrata a niños porque son indiscretos. Por eso, aunque nos pusimos en contacto contigo cuando tenías catorce años, no te contratamos hasta los quince, y no te dejamos comenzar realmente tu trabajo sobre el terreno hasta esta semana, que acabas de cumplir los dieciocho. ¡Y tu debut ha sido catastrófico! Por Dios, Ombe, ¿qué mosca te ha picado?

—Lo he hecho lo mejor que he podido. Yo…

—Pues tu «mejor» es paupérrimo, jovencita, indigno de una agente de la Asociación.

—Los enanuchos…

—¡Los duendes! ¡Los duendes!

Me encojo de hombros.

—Los enanuchos llegaron en camión al patio del instituto mientras yo…

Con un gesto de la mano, Walter me ordena guardar silencio.

—No te molestes en contarme tu historia; ya he escuchado el informe que le has presentado a *mademoiselle* Rose.

—¿Lo ha escuchado?

Halagado por mi asombro, Walter se pavonea y, de pronto, sale de la zona roja de su cuentarrevoluciones personal para adoptar un régimen de motor más adaptado a distancias largas.

—¿No creerás que la práctica de la magia es exclusiva de los agentes de campo?

¿Walter lanzando un conjuro? Equivale a Jasper haciendo el caballito con una moto grande. No puedo contener una sonrisa que, por suerte, pasa inadvertida.

—Reparar los daños y enterrar el asunto nos ha llevado toda la noche. No obstante, la explicación oficial resulta algo endeble, así que tendremos que enviar a un equipo a trabajar durante días para que nuestra versión resulte inatacable.

—¿La explicación oficial?

—El equipo de rodaje de una película de acción de alto presupuesto se equivocó de instituto.

Tuerzo el gesto.

—Pues sí, como explicación es endeble.

Error, Ombe. Walter vuelve a la carga.

—¡Gracias por notarlo! ¡No habría hecho falta inventar esa tontería si hubieras sido discreta! Lo peor es que me resulta imposible sancionarte.

—Por mí, encantada. ¿Puedo preguntar la razón?

—¡No adoptes ese tono conmigo! —estalla Walter.

—Debería gritar más bajo. Pierde encanto cuando se enfada, y eso es una pena.

—¡Tampoco vayas de seductora! ¡Conmigo, eso no funciona! —exclama.

Lo hace en un tono más bajo. Y con la sonrisa.

Sonrisa que yo le devuelvo, pero en más encantadora.

Tiene la inteligencia de no insistir. Walter es viejo, rollizo y calvo, es un maníaco de la discreción, le encanta dar puñetazos en la mesa, pero quiere a sus agentes. Sobre todo a los más jóvenes. Y sabe que sabemos que nos quiere. Y como sabemos que él lo sabe, aun cuando está que echa chispas se le sale el cariño por las orejas.

Al menos, yo sí lo sé. Como no me relaciono mucho con los otros agentes, no sé si se han dado cuenta de que Walter se las da un poco de figura paterna. Me la pela. No Walter, sino que los otros se den cuenta o no de ese detalle.

—Con lo sucedido anoche —sigue diciendo—, tengo que enviarte al campo unos días, para que los ánimos se aplaquen.

—Creí que no me iban a sancionar.

Walter abre el cajón de su mesa, saca un periódico y lo abre delante de mí. En primera página leo: «Luces, cámara y... caos en el Instituto Bordage». Después del tronchante titular, el periodista relata con detalle la sorpresa de los alumnos y los profesores cuando un equipo de actores maquillados y de monstruos animados hiperrealistas invadió, por error, el instituto. Su prosa debe de ser interesante, pero no me apetece leer. No puedo quitarle ojo a la foto que acompaña al artículo: un retrato de tres cuartos, bastante bien hecho, pero totalmente inesperado. ¡Una foto mía!

—Pero ¿qué…? Yo… ¿quién…?

Cierro los ojos un segundo y me concentro para recuperar la calma y dejar de tartamudear. Lo del tartamudeo lo consigo. Lo de la calma se me va al cuerno.

—¿Quién es el hijo de perra que ha hecho esta foto? ¿Quién, cuándo y dónde?

Leo un nombre situado en la parte inferior derecha de la foto: ¡Dylan Martin! Dos días antes el muy imbécil se me acercó para enseñarme su teléfono nuevo. Si llego a darme cuenta de que me estaba sacando una foto, lo habría obligado a tragarse el *smartphone*. Bueno, espera y verás. Si un día vuelve a cruzarse en mi camino, es probable que la descendencia de los Dylan quede extinguida para siempre.

Walter borra mi pregunta con un gesto de la mano.

—Ni lo sé ni me importa. Pero en el artículo apareces como una de las protagonistas de la película. No sé cuánto tiempo necesitaremos para acallar este rumor; por eso tienes que irte a descansar al campo una temporadita, para que nadie te reconozca. Por suerte, estamos casi en Navidad y pronto la gente tendrá —espero— temas de conversación más interesantes que tu… papelón.

La alusión a la Navidad me deja fría. En cambio…

—¿Cómo que irme a descansar al campo?

—Sí. La Asociación te ofrece un retiro rural.

Lanzo un gimoteo que no parece enternecer a Walter ni lo más mínimo.

—¡Aaargh…! ¿El campo? ¿No quedaban plazas libres en alguna prisión o en algún patíbulo?

Walter vuelve a secarse la frente con su pañuelo de toalla.

—Al campo, Ombe. Punto y final. Y escucha el resto antes de protestar. Tengo una nueva misión para ti. Es lejos de París, en un lugar tranquilo en el que podrás montar todo el jaleo que quieras. ¿Te gusta la idea? —Guardo un silencio prudente, y Walter continúa—: Si no recuerdo mal, tienes que asistir a un curso esta tarde. Vuelve a pasarte después por la oficina y te explicaré.

Interpreto que la entrevista ha terminado. Walter ha tomado su decisión y es inútil insistir. Me levanto.

Debo de tener una cara horrible, porque me hace un guiño que pretende ser reconfortante.

—Bien hecho con el elemental, Ombe. Con un pico. No sabía que eso fuera posible. —Luego se le ennegrece un poco la expresión—: Ombe, lo que te acabo de decir del campo y del jaleo que puedes montar era una broma, ¿entendido? Discreción. Incluso en el campo, ¡dis-cre-ción!

11

—Ejem…, ¿*mademoiselle* Rose?

Pero ¿por qué narices me saldrá esta vocecilla de ratoncillo histérico?

—¿Sí, Ombe?

—Creo que me he quedado sin ingredientes…

—¿Lo crees o estás segura?

—Eh…, estoy segura.

—¿Qué clase de ingredientes?

—La movida básica, ya sabe: pelos de gato, fragmentos de mica, polvo de euforbio, extracto de agua elegante…

Mademoiselle Rose retira la cabeza de la pantalla del ordenador para mirarme fijamente, lo que tiene el efecto de interrumpir mi enumeración y ponerme en *mute mode*. Y, de paso, colorearme las mejillas y cortarme la respiración.

—¿La movida básica?

¿Cómo recuperar unas palabras pronunciadas por error, tragárselas y olvidarlas?

Imposible.

Todo el esfuerzo del mundo sería en vano.

—Eh…, es una forma de hablar.

—¡Ah!

Baja los ojos y vuelve al teclado. Se me escapa el mismo suspiro de asombro que emitiría un condenado a muerte al que le acabaran de conmutar la pena por tres semanas de vacaciones en las Seychelles. En ese momento, presiento que la expresión «la movida básica» desaparecerá para siempre de mi vocabulario.

Por lo menos, del que utilizo para dirigirme a *mademoiselle* Rose.

—Ve a ver a la Esfinge.

Tardo un segundo en darme cuenta de que se está dirigiendo a mí y tres más en salir. Tomo el segundo pasillo que se abre a la derecha de su despacho.

A diferencia del primero, que es ancho, está bien iluminado y lleva al despacho de Walter, a la biblioteca de la Asociación y a una serie de habitaciones prohibidas para los agentes en prácticas, el segundo pasillo es estrecho y solo conduce a los servicios, a un vestuario y, al final del todo, a un armario escobero.

Abro la puerta al llegar al armario. Un cubo asqueroso, una fregona seca y una escoba vieja me saludan tristemente mientras tiro del asa del cubo.

Se oye un clic y luego una serie de chirridos. El suelo del armario se eleva y aparece la cabina de un ascensor. Una cabina que no es precisamente de última generación. Dentro solo cabe una persona, siempre que no esté gorda, y tiene una grieta que la atraviesa hasta el techo. La macilenta bombilla que la ilumina juega a que es un intermitente de ritmo aleatorio. Tal vez la Asociación no se preocupe tanto por la vida de sus agentes como dice.

Tres botones desgastados me ofrecen sus servicios. El 0 corresponde al armario escobero, aunque el escobero se encuentre en el segundo. El -1 es el de la sala de archivos y el -2 envía el ascensor a la armería.

No me preguntéis por qué se llaman -1 y -2, porque no tengo ni idea. Lo único que sé es que, aunque se supone que el edificio no tiene sótanos, sí los tiene y se tarda bastante en llegar hasta ellos. Y también sé que el trayecto es, cuando menos, turbador. Pulso -2 y, cruzando los dedos para que la cabina no explote durante el recorrido, inicio el descenso.

Aquellos que crean que la armería de la Asociación tiene algo que ver, aun de lejos, con la de las películas de James Bond, ya pueden cambiar de idea.

Bueno, sí, en ella se inventan armas. Cuando te encuentras cara a cara con un vampiro inquieto o un hombre lobo rabioso, más vale estar armado y, dentro de lo posible, te conviene que el arma sea eficaz. Pero no os molestéis en buscar el derroche de tecnología letal que ayuda a 007 a terminar sus misiones con éxito.

Bueno, sí, igual que le ocurre a Bond, el agente que se atreve a bajar al -2 no tiene ni una probabilidad entre diez mil de comprender la naturaleza de la mitad de las cosas que lo rodean.

Y bueno, sí, algunos de los inventos que se fabrican aquí han salvado la vida a bastantes agentes.

Pero eso es lo único.

La armería de la Asociación es muy diferente de lo que os podáis imaginar, porque el armero no es ni el típico sabio loco, ni un Einstein autista, ni un antiguo militar desengañado. Es la Esfinge.

Hablando de la Esfinge...

La puerta del ascensor se abre solo hasta la mitad. Chirría, gime y protesta, y al final decide que no quiere abrirse más. Entro como puedo, extiendo la mano en busca del interruptor, ya que el local está sumido en la oscuridad..., y una voz grave me detiene.

—No, espera. No he terminado de darles de comer.

Me quedo quieta.

La Esfinge no se llama así por ninguna patología grave de la elocución que lo obligue a expresarse con enigmas, sino porque siente cariño, adoración y veneración por las mariposas.

Sí. Las mariposas.

Él cría mariposas, igual que otras personas juegan a la lotería o leen poesía. Tiene mariposas por todas partes: en jaulas, en campanas y en libertad, por todos los rincones. Y las hay grandes, pequeñas, de colores, pálidas, diurnas y nocturnas; y, entre estas últimas, está su mariposa fetiche, la que le ha dado el nombre: la esfinge.

Pero el verdadero nombre de la esfinge —me refiero a la mariposa— es esfinge de la muerte, y la Esfinge —el armero— no tiene cara de calavera, sino de gladiador: el pelo cepillo, muy corto, la cara recosida de cicatrices, unos ojos azules muy claros, de asesino implacable, y una asombrosa falta de cejas, detalle que no tiene nada que ver con los gladiadores.

—Ya puedes encender la luz, Ombe.

Ni me molesto en preguntarme cómo ha sabido que soy yo. Si trabajas para la Asociación, tienes que acceder a sumergirte en un mundo irracional.

La Esfinge termina de colocar en su jaula la tela oscura que protege a sus preciosas nocturnas de la luz y se vuelve hacia mí.

Este hombre se cataloga en la familia de los gladiadores también por su corpulencia. Mide lo mismo de ancho que de alto, y lo mismo de grueso que de ancho, centímetro arriba o abajo. Y tiene músculos a porrillo. Una musculatura eficaz, dura y nudosa, no hinchada con esteroides. Una musculatura de golpeador. De hecho —y es un signo inequívoco—, cada vez que lo veo me entran ganas de ponerlo a prueba sobre un tatami o al fondo de un callejón oscuro, para comprobar si está tan mazas como parece…

—¿Qué quieres?

La Esfinge es parca en palabras.

—Llenar el depósito.

—¿Llenarlo de qué?

Suspiro.

—Esfinge, usted lo sabe mejor que yo. Soy una nulidad en magia. Ayer intenté lanzar un sortilegio sonoro para desviar la atención de unos chicos, un ejercicio de niños al alcance de cualquier novato inexperto, y solo conseguí hacerles creer que me había tirado el pedo más asqueroso de la creación.

Brillo de interés en los ojos de la Esfinge.

—¿Generaste también el olor que lo acompañaba?

—No.

—Qué lástima. El trabajo mágico sobre las feromonas volátiles, en particular las de los lepidópteros, es de los más interesantes que hay.

—Ah...

Tampoco es cuestión de confesarle que me importan un bledo sus mariposas. No obstante, debe de sospecharlo, o a lo mejor me lee la mente, porque me suelta:

—A ver ese depósito.

—Pues... Si pudiera prepararme un neceser básico que no requiera demasiadas fórmulas, y, si puede ser, que estas no tengan que pronunciarse en alto élfico ni arameo... Eso sería perfecto.

Le tiemblan los labios, lo que, en su caso, es signo inequívoco de hilaridad desaforada.

—¿Algo así como un maletín del aprendiz de brujo en ciernes?

—Sí, algo así.

Mientras rebusca en una serie de cajas colocadas en estanterías tambaleantes, dejo que mis ojos se paseen por el local. No tardan en posarse en una magnífica daga de hoja ancha y gruesa, más afilada que una cuchilla.

—Qué navaja más chula…

La Esfinge asiente con la cabeza.

—Aleación de plata y titanio. Titanio para la dureza y el filo, y plata por sus propiedades especiales.

—¿Hombres lobo?

—Así es.

Sobre los Anómalos se dicen muchas tonterías. Sin duda, porque la gente, como no cree que existan, deja volar la imaginación. Se dicen muchas tonterías, es verdad, pero, con todo, algunas de las leyendas resultan ciertas. Por ejemplo, pensad en los hombres lobo: unos humanos malvados, víctimas de una terrible maldición que los obliga a transformarse en bestias sedientas de sangre cuando hay luna llena, que acosan a los viajeros que se adentran en los bosques sombríos y los devoran, y que son inmunes a las heridas, salvo a las causadas con armas de plata… Eso es lo que se dice.

Pero la realidad es distinta. Los hombres lobo no son humanos, ni víctimas de maleficio alguno. Solo poseen la cualidad de transformarse en seres que son mitad hombre, mitad lobo; muy impresionantes, eso sí. Viven en jaurías y, aunque son belicosos y susceptibles y les gusta pegar más que pensar, casi nunca devoran a los viajeros. En cambio —y en este punto la leyenda coincide con la realidad—, han desarrollado una alergia letal a la plata.

—¿Te gusta?

La Esfinge señala con la barbilla la daga que yo sigo contemplando.

—Sí.

—¿Tu próxima misión tiene que ver con hombres lobo?

—Ni idea. No veré a Walter hasta esta noche.

—Entonces el cuchillo se queda conmigo.

Ni siquiera intento argumentar, porque no tengo ninguna oportunidad de hacer que cambie de opinión. Como todo el mundo sabe, la Esfinge es insensible a todo lo que no posea alas o antenas…

Me dirige una especie de despedida escueta, a la que respondo con un gruñido. Recojo los ingredientes que ha recolectado para mí, los meto en el bolso y me dirijo al ascensor.

La última visión que tengo de la armería es la robusta figura de la Esfinge inclinada sobre un alambique, con diez o doce de mariposas de todos los colores revoloteando alrededor de su cara de gladiador.

Pavoroso.

12

—Venga ya, Ombe, te has vuelto a dejar abierta la ventana del cuarto de baño y casi me congelo.

Laure intenta enfadarse, pero, como está enamorada desde hace algo más de una semana, se encuentra bloqueada en modo beatitud bobalicona, y ni siquiera las peleas de cuarto de baño, que suelen ser complicadas entre nosotras, consiguen minar su euforia.

Intercambio una mirada cómplice con Lucile, mirada que no se le escapa a Laure.

—El hecho de que tengáis sangre esquimal en las venas y no os enteréis de cuando hace frío no os da derecho a quedaros conmigo de ese modo.

Sangre esquimal: bonita expresión.

Lucile es escandinava; noruega, para ser exactos. Es alta y delgada y su larga melena rubia es una maravilla; pero, aunque parezca raro, no es consciente de su encanto. Se pasa el día leyendo y estudiando y, de las tres, es la única que no siente el más mínimo interés por los chicos.

Los antepasados de Laure, en cambio, nacieron en Italia, y ella pasó su infancia en la Provenza francesa. Es bajita, tiene el pelo oscuro y rizado, la piel morena y unos ojazos enormes, y desprende una energía arrolladora que la consume y, al mismo tiempo, la regenera, y que también abarca a quienes la rodeamos. Es un volcán en permanente erupción. De las tres, es la única que muestra un interés desmesurado por los chicos.

Decido actuar para calmar los ánimos. Tengo una fastidiosa tendencia a abrir ventanas —me horrorizan los ambientes cerrados— y a olvidarme de volver a cerrarlas. Esto a Lucile le trae sin cuidado, pues donde ella vive, en la frontera del círculo polar, la gente empieza a intuir el frío a partir de menos treinta grados, pero Laure echa de menos a las cigarras y necesita calor para vivir.

—Lo siento. Procuraré tener más cuidado.

La cara de Laure es una oda a la incredulidad, pero ella también ha optado por aplacar el ambiente. Se sirve una taza de té, yo bebo un trago de cerveza y Lucile aprovecha para abrir un libro. Disfrutamos del silencio en la confortable atmósfera de nuestro piso durante un buen rato.

—¿Pongo música, chicas?

—¡No!

Laure y Lucile han gritado a coro, pero no me vengo abajo.

—Tengo lo nuevo de Fear Factory en el iPod. ¿Queréis…?

—¡No!

Emito un largo suspiro. La música es lo único en lo que tenemos gustos totalmente diferentes.

A Laure le encanta una cosa insípida que ella lama *chanson française;* Lucile está puesta en música clásica y ópera, lo que me parece absolutamente incomprensible, y yo solo escucho heavy metal, sobre todo industrial y mejor si se trata de grupos americanos. Por alguna razón insólita, ni Laure ni Lucile consideran que eso sea música.

—Vosotras os lo perdéis.

—Más bien nos lo ganamos —objeta Laure—: un ahorro en dolores de cabeza y caries dentales.

La réplica me saca una sonrisa, que desaparece cuando miro el reloj de la pared. ¡Ups!, casi se me olvida el seminario de esta tarde. Me levanto de un brinco y cojo el casco.

—Tengo una cita urgente —les grito a mis amigas mientras salgo pitando del piso.

—¡La cazadora! —exclama Laure.

—No tengo tiempo.

Lo bueno de la moto en París es que un retraso nunca es insalvable. La prueba es que, cuando aparco al fondo del patio del instituto de idiomas en el que nos darán el seminario, incluso llego pronto.

El instituto en cuestión es un centro privado. La Asociación se limita a alquilar en él un auditorio cuando lo necesita para temas de formación.

Eso me recuerda que no tengo ni idea del tema del curso que me tendré que tragar. He recibido el programa con el código habitual, pero no lo he leído y no sabría decir dónde se imparte exactamente.

No importa.

Cuando estoy poniendo el candado a la moto, se me acerca un chico rubio que lleva el pelo perfectamente peinado con gomina ultrarrígida efecto mojado y que tiene cara de pasmarote: dieciséis años como máximo, sin pelo en la barbilla todavía, talla de mosquito y un aspecto a lo Leonardo DiCaprio, solo que en menos guapo. No es mi tipo en absoluto.

—Hola, Ombe, ¿qué tal?

—Pues, ya ves.

Ya me lo he encontrado en otros seminarios. Se llama Jules, o Julien, o tal vez Máximo, y es agente de la Asociación, como yo.

—¿Vienes a la clase de troles?

—Ajá.

Saca un poco su pechito enjuto y me suelta:

—En mi última misión me enfrenté a un trol…

Termino de encadenar la moto y me enderezo, lo que nos permite comprobar que mido diez centímetros más que él. Planto mis ojos en los suyos y le ofrezco esa sonrisa tan desconcertante que, por muy encantadora que parezca, es todo menos una sonrisa.

Una vez más, surte el efecto buscado. Jules, o Julien, o tal vez Máximo, se queda pasmado y experimenta el resquebrajarse de la máscara de seguridad con la que, seguramente haciendo un gran esfuerzo, había cubierto sus imberbes facciones.

—Esto…, casi me enfrento a un trol. Bueno…, tuve que enfrentarme a un Anómalo que un día tuvo que enfrentarse a un trol. Es decir…, un duendecillo que…, bueno…, un…

—¿Máximo?

—Eh… Me llamo Jules.

—¿Jules?

—Eh… ¿Sí, Ombe?

—Hace bueno, ¿eh?

He estado a punto de proponerle que se vaya a pedir a su duendecillo en matrimonio y que me deje en paz, pero me he contenido. Según estipula la octava regla, «la ayuda a un agente en peligro tiene prioridad sobre la misión». Bueno, vale, no estamos en misión ni Jules está en peligro, salvo que siga empeñado en tontear conmigo, pero el hecho de trabajar para la misma Asociación requiere una relativa prudencia… que tiendo a olvidar.

—Eh…, sí, muy… bueno. Un poco de frío, tal vez…

Echa un vistazo descarado a mi escote, pero soy magnánima y decido no ponerlo demasiado en evidencia; al muchacho, no a mi escote.

—Pues ya que a ti también te parece que hace bueno, no me fastidies el día, por favor. Vete por tu camino, yo iré por el mío y así los duendecillos estarán tranquilos, ¿te parece?

—Eh…, sí.

Lo dejo ahí plantado y entro en el instituto.

Delante de la puerta del aula número trece, un falso barrendero monta la guardia. Le enseño mi tarjeta. El barrendero la examina detenidamente y me deja pasar.

En el aula hay cerca de diez agentes en prácticas. Reconozco la mayor parte de los rostros, pero solo he hablado alguna vez con dos o tres de ellos. En realidad, solo conozco a Nina, una pelirroja que se creía un hacha en artes marciales hasta que yo aparecí en escena.

¡Anda!, Jasper no ha llegado.

A lo mejor no está inscrito en el curso. Sería una pena, porque tengo que pedirle un par de cuentecitas, y más vale que me las dé si no quiere perder los dientes.

Me siento. El encargado de impartir el curso, un hombre alto y seco con mala pinta, se pasea de arriba abajo delante de la pizarra blanca. Sufre una marcada cojera y, de vez en cuando, cuenta el número de alumnos y mira la puerta del auditorio como si esperase a alguien.

Alguien que por fin llega.

Jasper.

Abrigo largo y negro, camisa larga y negra, bufanda larga y negra, pelo largo y negro despeinado, tez pálida y cara delgada. No estaría mal, y hasta sería guapo, si no fuera tan torpe con la gente, con las cosas y hasta con las emociones.

Por ejemplo, ahora, en vez de asumir su retraso como Dios manda, se agacha ante la mirada del profesor, busca un sitio con ojos de carnero y se ruboriza cuando me ve. La verdad es que, en su defensa, diré que no le he dirigido precisamente una sonrisa de bienvenida. Y, en mi defensa, diré que tengo sobradas razones para estar furiosa con él y, por tanto, él las tiene para preocuparse.

Por fin, toma asiento al lado de Jules, lo que aumenta la densidad de panolis en esa fila, y el experto en troles empieza a hablar con una voz tan mala como su pinta. Con acento alemán, encima.

—Bien, ahora que estamos todos, empecemos. Los troles. ¿Alguno de vosotros se ha enfrentado a un trol alguna vez? En la realidad, claro, no en los libros.

Echo una mirada a Jules, pero está ocupado escribiendo aplicadamente en su cuaderno. Además de lelo, es un pelota.

De pronto me doy cuenta, no sin remordimiento, de que Jules es un agente y, por tanto, posee un poder paranormal. Confieso que me gustaría saber cuál es, pero la regla seis es tajante: «El agente no revelará nunca cuáles son sus talentos particulares». De modo que nunca sabré si Jules es capaz de recolectar cerezas con los pies o de cantar la Marsellesa al revés.

—Resumiendo, un trol mide unos dos metros, es muy gordo y también muy fuerte. Tanto, que es capaz de dejaros la rodilla hecha trizas con dos deditos. Así: crac.

Se mira la pierna izquierda y entonces comprendo por qué cojea. Algunos Anómalos no se dejan estudiar impunemente.

—¿Los troles huelen mal? —pregunta Jules; y debe de darse cuenta de la chorrada que ha preguntado porque intenta remar con todas sus fuerzas, en vano, para deshacer el entuerto—: Es que he leído en un cómic que los troles...

Panoli, pelota e idiota.

—No, no huelen mal, al menos no peor que otras criaturas. Hay que aclarar que el trol es más bien solitario. Salvo en primavera, pues en esa época se deja llevar por el instinto de reproducción. Y entonces más vale no frecuentar determinadas zonas rocosas en las que le gusta refugiarse con su compañera.

Algunos agentes en prácticas, jóvenes varones sumidos en una adolescencia difícil y persistente, sueltan risillas. La Asociación lo lleva crudo.

El profe suspira.

—Eso explica que, a diferencia de lo que ocurre con los hombres lobo, nunca se encuentren bandas de troles.

—¿Y hablan? —pregunta alguien.

—No solo hablan, sino que, además, lo hacen muy bien. Los troles son capaces de desatar una enorme violencia salvaje y destructora, pero les encanta filosofar.

Anda, mira, eso sí que es nuevo. Nuevo e interesante. Cuando mi atención está ganando tres puntos de buena voluntad, se levanta un dedo e interrumpe al profesor.

Es Jasper.

Aprieto los dientes.

—¿Lo dice en broma? ¿Los troles son de verdad unos filósofos?

Bravo, Jasper, una pregunta muy pertinente.

—Desde luego que sí —responde el profesor—. Algunos hasta tienen sentido del humor. Oh, es un humor muy particular, pero verdadero humor. El trol es un ser de contrastes: es bárbaro y refinado al mismo tiempo. Pero esa no es su única peculiaridad…

Se queda callado un segundo, como para prolongar el suspense, que, por otra parte, nos trae más bien al fresco, por no decir que nos importa un comino.

—El trol también es sumamente sensible a la magia.

¡Y dale con la magia! ¿Por qué narices, sea cual sea el tema, tendrán que hablarnos siempre de magia en todos los malditos cursos?

Suspiro, me hundo aún más en la silla, me pongo los cascos del iPod en las orejas y, con los ojos medio cerrados, me entrego a Fear Factory.

Pero no me evado por completo de lo que me rodea. No soy tan idiota y, aunque no oigo absolutamente nada, sé que el profesor sigue a lo suyo y me entero de que, un buen rato más tarde, deja de hablar a los otros alumnos para dirigirse a mí.

Bajo el volumen del iPod y me privo de un *riff* de guitarra alucinante.

—¿Sí, señorita?

—¿Sí qué?

No creerá Mister Trolman que me impresiona con su mirada pretendidamente siniestra, que no es más que tirando a picarilla.

—Les explicaba a sus compañeros que, de todos los Anómalos, el trol es el más fácil de someter, cosa que determinados magos poco recomendables practican sin escrúpulos. También les aclaraba lo peligroso que llega a resultar un trol sometido y les describía los dos únicos modos de que disponen para salir al paso si un día, por casualidad, se toparan con dicha criatura.

—Ya.

—¿Cómo que ya?

—Pues eso, que ya.

Un brillo malévolo ilumina los ojos del profesor.

—Imagino que tendrá una opinión sobre este tema...

—¿Qué tema?

—¡El modo de salvar el pellejo cuando un trol sometido se ha empeñado en hacerla papilla!

Mister Trolman me está tocando las narices. Pero mucho.

—Supongo que la respuesta que está esperando requiere una sola palabra: magia. Pero, a riesgo de decepcionarlo, mi respuesta necesita tres.

—Muy bien. ¿Y cuáles son esas tres palabras?

—¡Una buena zurra!

El profe menea la cabeza y se acaricia la rodilla izquierda.

—Ya veo. Hay quien opina que darle golpes a una criatura sometida rompe el conjuro. Pero me temo que eso solo funciona en las leyendas. En cualquier caso, nadie ha podido comprobar la eficacia de esta medida aplicada contra un trol. Yo os recomendaría encarecidamente que os decantarais por buscar la muerte del autor del conjuro de sumisión. Es menos peligroso.

Me parece inútil aclararle que, cuando hablo de propinarle a un trol una buena zurra, para el desenlace de la contienda tengo pensado algo mucho más definitivo que un simple desmayo pasajero.

Cuando el experto desvía su atención de mí y Jules levanta la mano, seguramente para hacer otra pregunta ridícula, estiro las piernas y vuelvo a subir el volumen del iPod. ¿Les gustará a los troles el metal industrial? Seguro que sí, ya que son tan filósofos.

El ruido de las sillas arrastradas me saca de mi escapada musical.

Sin mirar atrás, salgo del auditorio, pero no del instituto. ¿Os acordáis? Tengo cuentas que saldar.

Por casualidad, por prudencia o por premonición, Jasper tarda un rato en salir. No importa, no tengo prisa. Me apoyo contra la pared, cruzo los brazos y espero en el pasillo.

Por fin asoma.

Se ruboriza cuando me ve y se pone a hablar deprisa:

—¿Has visto? ¡Al especialista ese le comió la pierna un trol!

—Si fuiste tú quien le aconsejó qué hacer ante ese bicho, no me extraña.

Jasper se vuelve líquido. Es una pena; lo prefiero en su versión sólida, pero nunca dura mucho en ese estado.

—Esto… ¿pasa algo, Ombe?

—¿Qué va a pasar? Solo quiero saber algo: ¿por qué me dijiste ayer que para eliminar a un elemental de la tierra hacía falta agua?

—¿Agua? Más bien te habré dicho aire, ¿no?

—Recuerdo perfectamente lo que dijiste, Jasper, ¿y sabes una cosa? ¡Casi me quedo en el sitio por tu estupidez!

El pobre Jasper ya no está líquido: está directamente en estado gaseoso. Patético.

—Lo siento. Estaba seguro… Pero si fuimos juntos a la clase de elementales. Tú lo oíste igual que yo: el aire dispersa la tierra, el agua la refuerza. —Miserable argumento que solo merece la callada por respuesta. Pero, de pronto, Jasper se cree autorizado a seguir defendiéndose—: Encima me llamaste en plena misión. Pues ¿sabes qué? Que ayer por la noche perseguí y capturé a un vampiro. ¡Yo solo!

Hay batallas que no merece la pena librar. Me encojo de hombros, giro sobre mis talones y suelto una última salva:

—Fijo que el vampiro estaba pedo.

Y me largo.

¡Qué gusto volver a mi moto, por Dios!

13

Mientras elijo el equipaje que me voy a llevar al campo (¿por qué me dará tanta grima esa palabra?), oigo que se abre la puerta del piso. Son Laure y Lucile. Qué bien, así podré despedirme.

Una última camiseta, el neceser, el sobre estampillado con triple sello («A» de Asociación, «A» de Anómalos y «C» de Criatura) y cierro el bolso. Antes de salir, echo una mirada al cuarto para estar segura de que no se me olvida nada.

Me encanta mi habitación. No me parezco en nada a un pájaro, pero la considero mi nido. Un nido más acogedor que todos los nidos en los que he tenido ocasión de posarme hasta ahora.

Nuestro apartamento se encuentra en el último piso del edificio. Tiene vigas por todas partes y el techo sobre mi cama es muy bajo. Lo malo es que te golpeas la cabeza todo el rato, sobre todo cuando das volteretas en agradable compañía. Lo bueno es que no tuve ningún problema para colgar el saco de arena con el que me entreno por la mañana, mi material de escalada y el par de esquís que me traje de Canadá y que estoy deseando volver a usar alguna vez.

Un viejo armario que compré por cuatro duros en una tienda de segunda mano, y una biblioteca repintada de color verde hierba constituyen, junto con la cama, el total de mis posesiones mobiliarias. Aclaración práctica: ninguno de los libros que se exhibe en las estanterías de mi biblioteca está en francés. Laure y Lucile son de una discreción ejemplar y no me las imagino colándose en mi habitación para cotillear, pero prefiero no correr riesgos. Así pues, escogí la versión inglesa del manual sobre las costumbres de los vampiros, mientras que el de los usos y costumbres de los duendecillos está en español. Los demás volúmenes están en ruso. Así me aseguro de no responder preguntas incómodas si, por casualidad, alguno de mis libros cae en manos de alguna de mis compañeras de piso.

En las paredes tengo una serie de fotos de Catherine Destivelle en acción, porque, aunque ya no sea tan joven, sigue estando genial; una bandera de Zimbabue, porque me gustan sus colores; un cartel de prohibido el paso, porque me hace gracia, y un póster de Fear Factory, porque la música de esos tíos es una bomba atómica.

Mi habitación.

Mi nido.

Agarro el bolso, salgo y me reúno con mis amigas en el salón.

Laure me mira sorprendida.

—¿Te vas?

—Sí, tengo una misión.

Ya sé que no resulta muy inteligente hacer este tipo de chistecitos, pero me divierte. Por supuesto, Laure y Lucile no saben que curro para la Asociación. Para ellas, la palabra misión no tiene la misma connotación que para mí.

—¿Cómo que una misión? —me pregunta Lucile—. ¿Eres agente secreta en tu tiempo libre?

Cuidado, Ombe. Tus compis son de todo menos tontas y, de tanto representar papeles, un día de estos te van a pillar. Pero no puedo evitar soltar otro chiste fácil:

—Sí, mi verdadero nombre es James Ombe 007, ¿no lo sabíais?

Laure suelta una carcajada, pero Lucile se limita a arquear las cejas.

—¿De verdad? —pregunta con toda la seriedad del mundo.

Toca dar marcha atrás.

—Que no, hombre. El traductor de una multinacional se ha puesto enfermo justo cuando iban a firmar un importante acuerdo comercial. Como no han encontrado sustituto a través de sus proveedores habituales, han llamado a mi facultad y al final me han propuesto el trabajo a mí.

—¿Estarás aquí en Navidad? —pregunta preocupada Laure.

Será muy independiente y lo que quieras, pero también le va el rollo familiar y lleva tres semanas dándonos la tabarra con la gran fiesta que va a organizar en su casa, en Provenza, para Navidad.

Vivir juntas no implica que nos lo contemos todo, ni mucho menos. Laure no sabe que nunca llego a dos cuando cuento a los miembros de mi familia, ni que, para mí, fiestas como la de Navidad son días eternos de depre que paso en soledad. Estoy segura de que, si se lo contara, me invitaría —porque es todo corazón—, pero eso sería reconocer una debilidad, y eso sí que no.

De modo que me limito a tranquilizarla:

—Claro que sí. Estaré fuera poco tiempo; dos o tres días como mucho, y así ganaré un poco de dinero.

—¿De verdad no han encontrado a nadie que hable inglés? —pregunta Lucile sorprendida.

—No buscan un intérprete de inglés, sino de japonés. Es más difícil de encontrar, y mejor pagado.

Con mis amigas procuro no darme mucho el pisto con mi dominio de las lenguas extranjeras, pero ellas saben que, en mi caso, «políglota» no es una palabra leída al azar en un diccionario serbocroata.

—¡Qué suerte tienes! —exclama Laure—. A nosotras no nos ocurren cosas así.

—Lucile ha ido a varios cursillos —le recuerdo—, y siempre han sido inesperados y remunerados.

—Es verdad. Yo soy la única desgraciada.

Lucile se encoge de hombros.

—No te quejes. ¿Estarías dispuesta a pasar tres días sin ver a Grégoire?

Grégoire es el actual novio de Laure, que, ante esa idea, pone cara de pavor.

—Antes, la muerte.

—Entonces ya está todo dicho —declara Lucile—. Ombe pasará tres días traduciendo; yo, tres días leyendo, y tú, tres días amando locamente a Grégoire. Somos las chicas más afortunadas del mundo. ¿Cuándo te vas, Ombe?

—Dentro de una hora.

—Me da tiempo a preparar una boloñesa especial Lulú. ¿Os apetece?

Pienso en mis compis mientras circulo a toda velocidad por la carretera que me lleva al... campo.

Si les contara lo que hago de verdad, ¿cómo se lo tomarían? ¿Seguiríamos compartiendo piso y despreocupaciones? Es poco probable, y como no me apetece nada estropear lo bien que nos llevamos, seguiré sin decir ni mu en lo que se refiere a mis actividades. Además, la quinta regla de la Asociación es tajante en ese sentido: «El agente mantendrá en secreto la naturaleza de su trabajo».

Ignoro lo que ocurriría si un agente infringiera esta regla o alguna de las otras ocho. Es extraño, pero el reglamento no prevé ningún castigo. Como si la posibilidad de que un miembro de la Asociación traicionara o se mostrara indigno de su misión fuera, sencillamente, impensable.

¿Estará relacionado con el pacto que firmamos cuando nos contratan?

¿Cómo?

¿Que no os he hablado del pacto?

Muy bien. Aprovecho el trayecto en moto para contároslo.

Tenía quince años recién cumplidos cuando Jim North, el hombre que fue a verme después del accidente de la noria, volvió a visitarme.

No había vuelto a verlo desde nuestro primer encuentro, pero todas las semanas desde ese día, es decir, todas las semanas durante once meses, me había estado enviando por correo un sobre muy grueso con un fajo de papeles escritos a máquina que formaban un conjunto de cursos muy completos y extraños sobre los Anómalos.

En la primera hoja del primer envío leí la siguiente advertencia: «Tienes cinco horas para leer y memorizar este documento. Dentro de cinco horas exactamente se autodestruirá». El guiño a *Misión imposible* me hizo sonreír y tardé bastante en leer el contenido.

Ese fue el único documento que no leí hasta el final.

Exactamente cinco horas después de abrir el sobre, las hojas ardieron en una sorda deflagración y en un desenfreno tal que mi habitación pareció un caótico horno.

Sobra deciros que nunca volví a retrasarme en la lectura de los envíos que me hacía llegar Jim North.

Pues bien, volvió a visitarme justo cuando cumplí quince años.

—Bueno, ¿qué? —me preguntó.

—¿Qué de qué?

Ya en esa época no dejaba que nadie me pisoteara, y ya en esa época me mostraba poco paciente con las preguntas estúpidas.

—¿Tus lecturas te han infundido ganas de saber más?

Como estoy acostumbrada a ser prudente, estuve a punto de contestarle que no, pero los documentos que había estado devorando durante once meses me habían apasionado, y en mucho mayor grado que todo lo que había leído u oído hasta entonces: la vida de los Anómalos, sus particularidades, sus puntos fuertes y débiles y, sobre todo, esa lenta e implacable fatalidad que, por ceder la posición dominante a los humanos, había obligado a los Anómalos a ocultarse en las sombras y a aceptar la condición de leyenda para no desaparecer por completo.

No vacilé:

—Sí, me gustaría saber más.

Jim North sonrió.

—Entonces tendremos que contratarte.

—¿Contratarme?

—Para alguien que no ha firmado el pacto, sabes demasiadas cosas sobre los Anómalos y la Asociación. Darte más información sin contrapartida sería un riesgo demasiado grande.

—¿Contrato? ¿Pacto? ¿Contrapartida?

—El contrato de trabajo con la Asociación. En concreto, significa que, de forma paralela a tus clases, deberás completar una formación sobre los Anómalos: magia, deportes de combate, supervivencia en medios hostiles y otras cosillas por el estilo.

—¡Guau! ¿Cómo rechazar una oferta así?

—También te obligará, dentro de unos años, a salir de Canadá para irte a Europa, seguramente a Francia. Allí vive la mayor cantidad de Anómalos y es donde más agentes se necesitan.

—No será un problema. No hay nada que me retenga aquí.

—¿Estás segura de lo que dices?

—Sí.

—Entonces puedes firmar el pacto —declaró, sacando de su maletín una hoja que ya estaba rellena.

—Estupendo. ¿Tiene un boli?

Jim North negó con la cabeza.

—La clase de firma que la Asociación espera de ti no se traza con un bolígrafo.

Metió la mano en el bolsillo y sacó una navaja de resorte muy chula. Se oyó un clic y saltó la hoja, puntiaguda y afilada como la de una cuchilla.

—El pacto se firma con sangre.

Recuerdo ese momento justo cuando saludo con dos dedos en forma de «V» al piloto de una Ducati roja con la que me cruzo; va tumbado sobre el depósito de su máquina y circula a toda velocidad.

El momento en el que me pasé el filo del cuchillo por la muñeca.

El momento en el que unas gotas de sangre cayeron sobre el contrato.

El momento en el que me convertí en miembro de la Asociación.

¿Y sabéis qué? Nunca me he arrepentido de ese momento.

14

—Esta operación producirá, además de una considerable mejora de imagen en el hermético medio de los profesionales del turismo de gran lujo, un beneficio neto de más de 850.000 euros al año, gracias a una inversión sana y, en definitiva, relativamente comedida. Para terminar, añadiré que trabajar en un proyecto de esas características con una empresa de la reputación de Tasuka International Corporation constituye para mí un honor y una garantía de éxito.

Me inclino para dar a entender a mi público japonés que la traducción ha concluido.

He trastabillado un poco al pronunciar *kan'kou,* que en japonés significa turismo, y al principio he empleado el término *souken',* que significa algo así como robusto, pero luego lo he corregido y he utilizado *ken'zen';* en general, creo que he salido bastante airosa.

Los diez o doce responsables de la empresa inmobiliaria de inversión Tasuka también se inclinan, saludo que los miembros del personal de Leroy & Hern devuelven con mayor o menor acierto.

Edgar Leroy, presidente del grupo, toma el micrófono.

—En Francia, según la tradición, un acuerdo se celebra alrededor de una copa antes de firmarse alrededor de una mesa.

Ha hablado en inglés, idioma que los japoneses aquí presentes dominan lo suficiente como para encaminarse hacia el suntuoso bufé que el orador les indica y que está situado al fondo de la sala. Mientras las azafatas, seleccionadas por su agradable físico más que por su dominio de la coctelera, abren las botellas de champán, el presidente se me acerca.

—Gracias, señorita Duchemin. Ha sido de una valiosa ayuda. Me alegro de haber encontrado en el último momento una intérprete tan cualificada como usted.

Me inclino. Traducir a japonés conlleva cambios de comportamiento muy curiosos.

—También ha sido una suerte para mí, aunque, a cambio, haya supuesto una menor fortuna para su intérprete habitual.

Edgar Leroy asiente con la cabeza.

—Es verdad. Pero el médico de urgencias que lo auscultó nos tranquilizó. Al parecer, se trata de una intoxicación alimentaria súbita e inexplicable, pero, por suerte, no presenta ninguna gravedad. Se recuperará en menos de una semana.

¿Intoxicación alimentaria súbita e inexplicable?

La Asociación se ha pasado un pelo.

Es verdad que cuenta con los medios necesarios. La oficina de París y sus tres miembros fijos no permiten tener una idea acertada de su verdadero tamaño, de su complejidad ni del poder que ejerce. Es una oficina internacional con sede en no se sabe dónde, dirigida por hombres que cultivan secretos como otros cultivan lechugas, con filiales en los cinco continentes y diferentes departamentos encargados de reclutar personal, de analizar las perturbaciones anormales, de devolver la normalidad después de las intervenciones, de invertir, de llevar las relaciones con los gobiernos…

La Asociación es un pulpo poderoso y omnipresente. Envenenar a un intérprete para que un agente lo sustituya no le supone ninguna dificultad especial.

—Ha terminado su trabajo y sus servicios no serán necesarios hasta mañana por la mañana para concluir el acuerdo —dice Edgar Leroy—, pero, si le fuera posible, le agradecería que tuviera a bien quedarse con nosotros en el cóctel y la cena que ofreceremos a continuación. Sin duda, nuestros invitados japoneses se sentirán más cómodos si conversan en su propio idioma, y estoy seguro de que les gustará que una joven tan… encantadora como usted se encargue de traducir sus palabras.

Mientras habla, me escanea de la cabeza a los pies, deteniéndose en determinadas partes de mi cuerpo, que no son precisamente ni los pies ni los codos; ese comportamiento de macho pelele que se encuentra en todos los países del mundo y en todas las clases sociales posee el don de sacarme de mis casillas. Pero, por una vez, me contengo. Incluso sonrío. Personalmente, no me importaría nada propinarle una buena somanta a Edgar Leroy, pero una misión es una misión, y como ya la cagué en la primera…

Termino de convencerme para mantener la calma cuando Leroy añade:

—Naturalmente, le pagaremos las horas extraordinarias aplicando la tarifa que hemos acordado.

La susodicha tarifa no es tan estupenda como la de la sesión de fotos, pero no deja de ser interesante, y como mi moto consume lo suyo, pues…

—Con mucho gusto, señor Leroy.

Bueno. Para aquellos que estén un poco preocupados, aclararé que he tenido cuidado con mi atuendo: no me he puesto vaqueros ni camiseta sin mangas, sino un traje de chaqueta que debe de costar una fortuna (gracias, Walter), y, en vez de mis Dr. Martens, llevo puestos un par de escarpines de charol; incómodos, pero muy bonitos.

Me dirijo al bufé con la elegancia que se espera de mí y me mezclo entre los comensales.

Nos encontramos en una imponente y antigua mansión medio en ruinas que se levanta al borde de un lago rodeado por un espeso bosque. La casa, construida en el siglo XIX por un rico industrial, vivió días gloriosos antes de que la crisis de entreguerras arruinara a los descendientes del millonario. Su nieto, dueño de la vivienda, se ahorcó, y el bosque recuperó sus derechos.

—No tengas miedo —me tranquilizó Walter cuando me explicó el plan—. No voy a soltarte una charla de Historia de la Economía. El único interés que tiene la Asociación en esa casa es el lago colindante.

Se secó el sudor de la frente con un pañuelo rojo que hacía juego con su corbata azul lavanda y su camisa de rayas verdes, y luego siguió hablando:

—En ese lago vive una Criatura.

La mayúscula que percibí en la palabra Criatura me despertó la curiosidad.

—¿Una criatura, con minúsculas, o una Criatura, con mayúscula inicial?

—Una Criatura, con mayúscula. Casi todos los Anómalos que conocemos pertenecen a razas de características concretas. Razas e historias concretas. Los vampiros, los troles, los hombres lobo, los duendes y demás se reproducen, a veces de un modo extraño, es verdad, pero exclusivamente entre ellos y con el objetivo universal de prolongar el camino abierto por sus ancestros. Pero las Criaturas son diferentes. Cada una de ellas es única y posee tal longevidad que cabe considerarlas inmortales.

—¿Inmortales? ¿De verdad?

—Digamos que, hasta donde se remontan nuestras pesquisas, no hemos encontrado ningún rastro del nacimiento de una Criatura ni de la muerte de ninguna de ellas. Me refiero a muerte natural.

—Y en el lago que está cerca de la mansión vive una de esas Criaturas.

—Eso es. Nadie la ha visto jamás, pero sabemos que vive allí, y es nuestro deber protegerla.

—¿Se encuentra en peligro?

—Sí. A diferencia de lo que ocurre con otros Anómalos, las Criaturas no han asimilado la aparición del hombre ni su actual predominio en la tierra. Es como si vivieran en un universo paralelo que se limita a convivir con el nuestro.

—¿Qué tiene eso que ver con el peligro que corre la Criatura del Lago?

—Desde que conocemos su existencia, procuramos cuidar de ella. Necesita vivir en calma, en paz y en soledad. Por tanto, hemos emprendido acciones para que la zona se califique como no urbanizable, para mantener alejados a los turistas e impedir que se rehabilite la mansión. Pero en este punto nos topamos con algunas dificultades.

—¿La mansión?

—Sí. Un grupo financiero, Leroy & Hern, ha logrado esquivar las barreras establecidas y obtener una serie de autorizaciones para transformar la casa en un complejo hotelero de lujo. Pese a nuestros esfuerzos para impedirlo, ha llegado a un acuerdo con una empresa japonesa, y parece que el proyecto va a salir adelante. Si es así, la Criatura del Lago puede ir despidiéndose de su tranquilidad.

—Comprendo que sea un duro golpe para ella, pero no veo qué puedo hacer.

—Investigar.

—¿Investigar?

—Sí. En este asunto hay gato encerrado. Edgar Leroy, el presidente del grupo, ha recibido algún tipo de ayuda que no tendría que haber recibido.

—¿Ayuda política?

—No. Mágica.

—¿Leroy es un mago?

—Eso creímos al principio, pero hemos comprobado que no. Aquí entras tú. La firma definitiva del contrato con los japoneses tendrá lugar pasado mañana en la mansión. Te contratarán como intérprete y tendrás que enterarte de qué está pasando y, si es posible, maniobrar hasta conseguir que el negocio fracase. —Walter se calló un segundo y continuó su charla mirándome directamente a los ojos—: Te seré sincero, Ombe. Salvar a esa Criatura es fundamental para la Asociación. Después de lo ocurrido en el instituto, habría preferido encomendarle esta misión a cualquier principiante antes que a ti, pero, ya ves, solo tú hablas japonés. No me decepciones, ¿de acuerdo?

«No me decepciones».

Me viene a la mente esa frase mientras charlo con los ejecutivos japoneses, que me sueltan topicazos lamentables sobre mi edad y mi asombroso dominio de su idioma.

«No me decepciones».

Hago todo lo que puedo, Walter, ¿sabes?

15

La cena termina a las dos de la mañana.

Me duelen los pies y, si bien he recibido —y rechazado— siete proposiciones para pasar la noche, no me he enterado de nada concluyente sobre algún posible alcance mágico del proyecto.

Con motivo del negocio, se ha contratado a decoradores profesionales para habilitar el salón en el que han tenido lugar los discursos y la cena; de las paredes y el techo se han colgado telas de colores para ocultar los estragos del tiempo; en el suelo se ha instalado una tarima provisional, y se ha traído mobiliario moderno. Aunque el conjunto es bonito y denota buen gusto, el resto de la mansión está en ruinas.

Por esa razón, se han alquilado unas suntuosas casas móviles, que se han dispuesto sin mirar gastos para recibir a estos poderosos señores. Para el personal se han instalado caravanas más modestas, un poco más lejos. Me dirijo a una de esas caravanas, repasando mentalmente lo que parece que va a ser mi segundo fracaso.

Dos misiones, dos fracasos. Peor imposible, ¿no?

Y el colmo es que me he esforzado a conciencia por captar información, llegando a pecar de indiscreta, incluso de grosera, al inmiscuirme en conversaciones en las que, obviamente, nadie me había dado vela. He arrastrado tanto las orejas que, si se tomara la expresión al pie de la letra, me habría transformado en un basset hound.

¡Y no ha servido para nada!

Edgar Leroy es el arquetipo de hombre de negocios con dientes de tiburón; sus subordinados son eficaces, pero de una banalidad supina, y los japoneses representan a la perfección su papel de japoneses. No hay un ápice de sortilegio en todo esto. Y como el proyecto inmobiliario es del tipo ambicioso a lo bestia, me temo que la Criatura del Lago tiene los días contados.

Por cierto, hablando del lago...

Salgo del camino principal y tomo un sendero que me conduce hasta lo que un día seguramente haya sido una hermosa playa, pero que hoy es solo una estrecha franja de guijarros invadida por vegetación.

Delante de mí, la superficie oscura y lisa del lago refleja una asombrosa luna gibosa. Hay juncos, nenúfares, oscuridad y, justo al lado, un embarcadero carcomido que se adentra renqueante en el agua, gélida a estas alturas del invierno.

En realidad, el lago es más extenso de lo que parece cuando se observa desde la casa, solo que su forma recortada falsea las perspectivas. Tan extenso como para que, cuando intento divisar a la Criatura que vive en él, me resulte imposible imaginarme sus dimensiones. ¿Tendrá el tamaño de un hombre? ¿De un oso? ¿De una ballena? Me doy cuenta de que tampoco tengo ni idea de su aspecto.

«Cada Criatura posee una forma única», me explicó Walter. Así se resume, poco más o menos, el conjunto de los conocimientos de la Asociación, y no es gran cosa. No resulta sorprendente que no nos hayan propuesto nunca un seminario sobre Criaturas ni que el único tratado que tengo sobre ellas ocupe poco más de diez páginas.

¡Misterio total!

Bueno, recapitulo: en alguna parte, bajo el agua, vive una Criatura que mide entre diez centímetros y cincuenta metros de longitud, pesa entre doce gramos y mogollón de toneladas y puede parecerse aproximadamente a algo.

¿Y sabéis qué? Se supone que tengo que salvarla.

¿Cómo queréis que no se me vayan al traste las misiones?

Por pura frustración, le pego un puntapié a una piedra, gesto que logra estropearme el zapato, pero también aplacar mis nervios. Por las pezuñas de Lucifer, ¡no me digáis que tengo que irme a dormir sin más!

Venga, Ombe, por Dios, pasa a la acción, que es tu punto fuerte.

Echo un vistazo alrededor.

No hay nadie.

Las casas móviles y las caravanas se encuentran al otro lado de la mansión. Además, dudo mucho que en diciembre venga ningún paseante a perderse a más de diez kilómetros de la carretera de asfalto más cercana.

Me quito la ropa, doblo con cuidado la chaqueta —la necesitaré mañana— y me subo al embarcadero. Recorro diez o doce metros tratando de mantener el equilibrio hasta llegar al extremo. Me inclino y rozo el agua con el dedo gordo del pie. No soy experta en temperatura, pero, si el agua llega a cinco grados, prometo apuntarme a un cursillo intensivo de magia élfica con los panolis más atontados de la Asociación.

Me zambullo.

Doy unas cuantas brazadas para relajarme y luego tomo una buena bocanada de aire para bucear.

Está muy oscuro.

Vuelvo a la superficie.

—Te has lucido, Ombe. El bañito de medianoche a las dos de la mañana ha sido una idea brillante. ¿Y ahora?

Sí, ya lo sé: hablo en voz alta, cosa que puede parecer no muy buena señal, pero me gustaría veros a vosotros en mi lugar...

Vuelvo a nadar como respuesta a la pregunta que me he formulado a mí misma. Que no se diga que he venido hasta aquí para nada. Voy a cruzar el maldito lago y, cuando esté en la otra orilla, volveré a cruzarlo y me iré a dormir.

Cuando pienso que la misión de Jasper consistía solo en cazar a un vampiro borracho... ¿Dónde quedó la igualdad entre hombres y mujeres, eh? ¿Dónde?

En este punto de cavilaciones alcanzo la mitad del lago y, de repente, vuelvo a sumergirme en las profundidades.

Solo que esta vez no lo he hecho aposta.

Un tentáculo más gordo que mi brazo se enrolla en mi cintura y me arrastra sin que sea posible oponer resistencia. El fondo sigue estando muy oscuro y, como no he tenido mucho tiempo para coger aire, me descubro en medio de una situación muy desagradable.

Peleo con el tentáculo, intentando con todas mis fuerzas aflojar el abrazo. Habréis adivinado que, pese a mi grácil silueta, soy más bien de constitución fuerte y peleona, ¿no? Pues, en este caso, esos atributos no me sirven para nada. Para absolutamente nada. Sigo descendiendo y los pulmones pasan a zona roja. ¡Alerta general! En una película dirían algo así como «le quedan diez segundos de autonomía respiratoria para llegar a la muerte por asfixia».

Ojalá la Esfinge me hubiera dejado su daga. Es verdad que, oculta en el traje de chaqueta, habría dado un poco el cantazo, pero…

¡Mierda!

No me apetece nada morir así.

Bueno, no me apetece nada morir. Punto.

En las películas, la visión del protagonista se nubla en este momento de la escena, y empieza a ver mariposillas negras; justo antes de que lo salven, por supuesto.

A mí me pasa al contrario.

Cuando mis pulmones me avisan de que van a tirar la toalla y de que van a intentar respirar debajo del agua, lo veo todo claro. Entendedme, no es que esté siendo víctima de una visión inmediatamente anterior a mi muerte, qué va, sino que todo estaba oscuro y, de pronto, me veo rodeada de un aura de luz verdosa.

No sé si mi situación ha mejorado, porque sigo ahogándome y delante de mí…

Si eso es la Criatura, la verdad es que es más fea que hecha de encargo.

En cuanto al tamaño, pertenece a la categoría ballena, y por lo que respecta a la forma, es grande como yo qué sé qué. Tiene un cuerpo macizo y bulboso, una cabeza de pesadilla de la que sobresale un racimo de tentáculos, entre ellos el que me tiene prisionera, y está cubierta de escamas, gruesas membranas de carne, una docena de ojos globulosos del tamaño y el color de un balón de baloncesto, aletas colocadas aparentemente al azar y miles de pústulas que irradian una luz verde que me engloba… Una verdadera monstruosidad.

Como última visión para una futura náufraga, ya podían haber encontrado algo mejor.

Bueno… Borrad la palabra «futura» de la frase anterior.

Pese a mis esfuerzos para mantener las mandíbulas cerradas, noto que se me abren. Aire. Aire. Quiero aire. Y solo hay…

La Criatura expele una enorme burbuja de aire que me envuelve y se estabiliza a mi alrededor.

¡Una burbuja de aire!

Tomo una inspiración gigante y casi me ahogo del pestuzo que aspiro, pero no me he sentido más aliviada en toda mi vida.

¿Por qué la gente solo se da cuenta del carácter imprescindible de las cosas cuando se ve privada de ellas? ¿Por qué...?

—Creía que los de tu especieeeeeeeeee erais incapaces de llegar hasta aquíiiiiiiiii. Que habíais sido exiliados para siempreeeeeeeeee.

Las palabras de la Criatura resuenan de un modo extraño bajo el agua, a quince metros de profundidad, y su acento es, cuando menos, singular; pero habla. El problema es que lo que dice no tiene ningún sentido.

—Yo... Los humanos no están acostumbrados a nadar bajo el agua, es verdad, pero...

—Tú eres diferenteeeeeeeeee. Demasiado, pero no lo bastanteeeeeeeeee. Lo suficiente para que no te ahogueeeeeeeeee.

—¿Tú... ahogas a los humanos?

—Dejo que los humanos me ignoreeeeeeeeeen. Como no eres lo que apareeeeeentas, he decidido perdonarte la vidaaaaaaaaaa.

—Eh..., gracias.

Hombre, no voy a contestarle que está perdiendo la chaveta, ¿no? A menos que... Está claro, Ombe. La Criatura del Lago ha comprendido perfectamente que no eras una humana normal, sino una Paranormal. Ahora habría que saber qué tiene contra los Paranormales.

Pero no tengo ninguna… prisa.

Siento que el tentáculo se afloja alrededor de mi cintura y que la burbuja de aire vacila.

—Espera.

Cinco o seis ojos me miran, mientras un velo de carne flácida que ondea en una corriente invisible me oculta los otros.

—Espera —repito—. He venido para salvarte.

—¿Salvarmeeeeeeeeee?

—Sí, el lago está en peligro. Se va a construir un complejo hotelero en el lugar donde está construida la mansión, y habrá gente por todas partes, barcos, ruido, hormigón…

—Por eso noto tantas palpitacioneeeeeeeeees a mi alrededooooooooor. Me preguntaaaaaaba cómo me atacaría. Tiene miedo de desafiarmeeeeeeeeee porque sabe que soy más fuerte de lo que él será jamáaaaaaaaas.

—¿A quién te refieres?

—Al brujooooooooo. En la oscuridad, desde el último piso de la mansión, me observaaaaaaaaa. Sabeeeeeeeee quién soy y conoce el poder que me protegeeeeeeeeee.

—¿Por qué no te deshaces de él, si eres más fuerte?

—Porqueeeeeeeeee mis sortilegios necesitan agua para vibraaaaaaaaar. ¿Has venido para ayudarmeeeeeeeeee?

—Esto…, sí.

—Entonces tienes que subiiiiiiiir a poner fin a esa locura enseguidaaaaaaaaa.

De pronto se apaga la luz verdosa, se disipa la burbuja y me encuentro nadando hacia la superficie.

No sé lo que me motiva más: si las ganas de volver al aire libre y al oxígeno que contiene o la idea de que, debajo de mí, una Criatura de pesadilla que habla con una voz terrorífica me haya perdonado la vida porque le parece que soy «diferenteeeeee».

Al salir del agua, dudo un momento y acabo renunciando a ponerme la chaqueta. Estoy empapada y la estropearía. Y ante la pelea que se perfila, más me vale llevar ropa cómoda.

Me meto en la caravana sin haber acariciado el depósito de mi moto, que dormita al lado. Me seco y me pongo unos vaqueros, una camiseta y mis Dr. Martens.

Al tajo, Ombe.

16

Más le vale responder.

O la próxima vez que me cruce con él seré yo la que no responda.

Y me importa un pito que sean las tres de la mañana.

¿Contestas o qué?

Sí, contesta.

—¿Diga?

Me esperaba oír una voz rota de sueño, pero Jasper parece estar totalmente desvelado. Es más, de fondo se oye un solo de guitarra eléctrica; todo menos soporífero. A lo mejor es menos pringado de lo que yo creía…

—¿Jasper? Soy Ombe.

—Ah… Ombe… Eh… —Qué va, estaba en lo cierto: Jasper es un pringado. O un tímido enfermizo con tendencia tartaja, lo que viene a ser casi lo mismo. Su respiración está mezclada con una especie de silbido (¿será asmático?), pero sigue diciendo—: Perdona por lo del otro día, Ombe. Me refiero al elemental. Creía que…

—Olvídalo, Jasper. No te llamo por eso.

—Yo... Tú...

—Todo indica que voy a tener que vérmelas con un mago y necesito un par de consejos.

Tras una breve pausa, Jasper dice:

—Un momento, Ombe. Estoy ensayando con unos amigos. Salgo de la habitación y enseguida estoy contigo. —Oigo que le habla a alguien—: «Jean-Lu, Romu, os dejo un momento... Sí, ya... No, es importante... Venga, tíos, podéis tocar sin mí cinco minutos, ¿no?».

Se oyen ruidos de pasos y una puerta que se cierra.

—Ya. ¿Ombe?

—¿Eres músico?

No he conseguido ocultar mi estupefacción y casi puedo ver cómo se pavonea.

—Sí, tengo un grupo con dos amigos.

—¡Guau!

Adiós al pringado. ¿Estaré dejando escapar el fenómeno Jasper?

—¿De qué tipo? ¿Industrial? ¿Metal? ¿Trash?

—Eh... No, rock..., tirando a folk medieval.

—Ah... ¿Y qué instrumento tocas?

Tras un largo silencio, dice:

—¿Hablabas de un problema con un mago?

Tiene razón. Estoy en una misión, ¡qué narices!

—Sí. Tengo que cazarlo, pero...

—Temes que te impida acercarte a una distancia suficiente para zurrarle.

El chico es perspicaz.

—Pues sí, eso es.

—¿Es un tipo fuerte?

Me resulta curioso comprobar cómo, cuando habla de magia, Jasper se siente más seguro de sí mismo.

—En principio, sí.

—Ya veo... Necesitas una protección que te permita desplazarte y llegar cuanto antes al contacto. ¿Por qué no utilizas el sortilegio del escudo que estudiamos en el seminario del mes pasado?

—¿Qué escudo?

Oigo un suspiro de desaprobación.

—No es por nada, Ombe, pero es el único sortilegio que fuiste capaz de elaborar correctamente. Hasta te salió muy bien y todo. ¿Te acuerdas? El profe era ese tío alto de acento sudamericano. Nos hizo utilizar lignito por sus propiedades difractivas y extracto de menta por su capacidad lenitiva. Estoy seguro de que, si le hubiéramos añadido una hoja de salvia a la menta, las energías protectoras se habrían liberado más rápidamente y...

—¿Jasper?

—¿Sí?

—Ya me acuerdo del conjuro, sí. Pertenece a la familia de los protectores. El profe creó uno a su alrededor y te pidió que le lanzaras una bola de fuego...

—Un sortilegio de pirotecnia.

—... para comprobar su eficacia.

—No escogí yo los ingredientes. Con tres bellotas de roble albar y un poco de malaquita, el conjuro...

—Jasper, el profe permanecía quieto, pero yo necesitaré moverme.

Otro suspiro de reprobación aún más marcada. Tampoco te pases, ¿eh, chaval?

—Siempre puedes vincular ese conjuro-escudo a un objeto que lleves puesto. Funcionará igual de bien. Puede que hasta mejor.

—¿Un objeto?

—Una joya servirá. Tendrás alguna, ¿no?

—Tengo una cadena con una medalla.

—Si es de oro, funcionará regular. Lo ideal es el hierro. Una pulsera de hierro. El hierro combate y disuelve la magia, y eso a ti no debería perjudicarte mucho, teniendo en cuenta que la usas de una forma tan… eh… limitada. En cambio, para el mago ni te cuento. Y si, además, engarzas un diamante, estaría genial. Los diamantes absorben las ondas negativas. Ya no llevarías un escudo, sino un absorbedor de maldiciones. Lo bueno es que no tendrías que elaborar un sortilegio complicado. Bastaría con activar el hierro y el diamante con una fórmula que te guste.

Me pongo a pensar a toda prisa.

—Lo del diamante, imposible; pero sí que podré encontrar hierro. Gracias, Jasper. Hasta otra.

—¡Ombe, espera!

—¿Qué?

—¿Es urgente? Quiero decir, ¿ese mago tuyo no puede esperar? Tal vez yo podría…, bueno…, echarte una mano…

Mi primer impulso es soltar una carcajada, pero, curiosamente, tal cual nace, se disipa, y me entra un no sé qué que no me apetece analizar.

—Gracias, Jasper, pero no tengo ni un minuto que perder, y sí un mago que eliminar. Pero te lo agradezco.

—Como quieras. Oye, Ombe.

—¿Sí?

—Ten cuidado, ¿eh?

Aquí el señor mago pide demasiado. Nunca he sido prudente y no voy a empezar a serlo hoy.

—Sí, vale.

Cuelgo.

Jasper tal vez sea un poco petardo, pero tiene un buen fondo. Y además...

Cuando voy a buscar un trozo de alambre que me sirva de pulsera, comprendo una cosa rara: es la primera vez en mi vida que alguien se preocupa por mí.

Me toca la fibrilla. Me molesta reconocerlo, pero me toca la fibrilla.

Como no sé si el óxido influye en la magia, pulo el alambre que he encontrado cerca de la caravana hasta devolverle su brillo original, y ahora lo tengo esperando pacientemente sobre un tocón a que termine mis preparativos.

Vaya, mis preparativos.

Me horroriza la magia, pero más me horroriza lanzarme desnuda y desarmada a las garras de un mago dispuesto a hincarme el diente. Así que he decidido actuar respetando las normas. Al menos de las que me acuerdo.

Lo confieso: esto pone el listón muy bajo a mis pretensiones.

Lo primero que hago es adentrarme en el bosque. La magia está estrechamente relacionada con las fuerzas de la naturaleza, y donde más poder ejerce es entre árboles centenarios. Despejo una buena extensión del suelo de hojas, moho y ramitas secas, y luego dibujo un pentáculo con una rama de avellano, previamente humedecida en una fuente cercana. Para terminar, relleno cuidadosamente el trazado con sal.

Tengo que colocar los cuatro elementos fundadores. Sitúo al Norte un cuenco, que he cogido de la caravana y he llenado en la fuente; al Sur, un puñado de tierra que he tomado de las raíces de un roble; al Oeste, una pirámide de ramitas que se pueden encender con una simple cerilla. Y he escogido estas tres posiciones para dejar que sople el viento del Este, que será el cuarto elemento: el aire.

Bueno, pues ahora, a activar el pentáculo. La cosa se complica.

Activar el pentáculo es una operación fundamental para aislar del resto del mundo el acto de magia que me dispongo a realizar y para aislar del acto de magia que me dispongo a realizar al resto del mundo. No me veo capaz de crear el equivalente mágico de una bomba atómica, pero nunca se sabe. Lo ideal para activar el pentáculo es pronunciar una fórmula en alto élfico o en rúnico, idiomas de los que tengo nociones casi nulas, o incluso nulas por completo.

La verdad es que resulta sorprendente, teniendo en cuenta la facilidad con la que aprendí inglés, japonés, ruso, español e italiano.

¡Alto, Ombe, te estás despistando! Deja de darle al tarro y lánzate. No pierdes nada por intentar activar el círculo en tu propia lengua. Lo fundamental sigue siendo el vínculo invisible que une al autor del conjuro con las fuerzas vitales de la naturaleza. Bueno, eso creo…

—Porque la savia del mundo hace girar la rueda del tiempo y el viento de las sombras sopla sobre el espíritu de las hojas y el agua de la vida calma la sed de la conciencia de las montañas. Porque el casco de la noche defiende a quien conduce su existencia, los guantes de la carretera silban y las ruedas giran. Aceleración, inclinación, protección.

Me habría gustado pronunciar el conjunto al ritmo de un *slap* de bajo y con un *sweep* de guitarra eléctrica sobre las tres últimas palabras, pero en fin…

¡Uuufff!

Mi pentáculo ha sonado bien alto y bien afinado, y la sal cobra un color plata muy chulo.

No está mal, Ombe. Nada mal. ¡Chupaos esa, elfos! ¿Y si hubiera acabado con el monopolio que detentan los dichosos elfos sobre el lenguaje mágico, eh, Jasper?

Enciendo una segunda pirámide de ramitas en el centro del pentáculo y, cuando suben las llamas, paso varias veces la pulsera entre ellas, salmodiando una fórmula de mi cosecha:

—*Scutum praesidium nervus armilla adjungo.*

Cuando el hierro se pone al rojo, lo salpico con lignito y luego lo mojo en una copa, que he cogido de la caravana y está llena de extracto de menta (lo siento, Jasper, no había salvia en el neceser que me preparó la Esfinge).

Me da que vendrían de maravilla unas palabras en quenya, pero me resulta imposible extraerlas de mi memoria. De modo que sigo chapurreando mi latín de andar por casa:

—*In attentis armillum, net sispengo fugita Kawa.*

Para aquellos que posean conocimientos básicos de magia, aclararé que «Kawa» no es latín, sino la palabra con la que podré activar el conjuro que acabo de vincular a la pulsera.

Y con la que podré comprobar si funciona.

El conjuro, no la pulsera.

Me pongo el alambre, todavía humeante, en la muñeca derecha. No es que sea una joya muy elegante, pero tampoco voy a un desfile de modas...

Aplasto las brasas de mis dos hogueras con el talón y me voy hacia la casa. La misión se pone divertida.

Acción.

17

Paso cerca de las casas móviles. Reinan la oscuridad y el silencio, excepto por un concierto de ronquidos en do mayor bastante logrado. Los japoneses han venido con sus guardaespaldas, pero estos son invisibles. O consideran el lugar seguro y están durmiendo, o piensan que, para ser eficaces, tienen que quedarse pegados a sus jefes.

Se equivocan en los dos casos.

Tal vez algún día, si me harto de trabajar para la Asociación —lo cual es posible— y si se rompe el pacto —lo cual es menos probable—, me haga guardaespaldas.

Bueno, no. Pasarme el día velando por la seguridad de un pelele que no sabe defenderse solo me hincharía las narices enseguida.

Guardaespaldas de mí misma.

Pero eso ya lo soy desde hace dieciocho años y, en realidad, no es un oficio.

La casa.

Entro en el salón de recepción, que está vacío. El encargado del cáterin ha recogido la vajilla, las bandejas y la comida. Solo quedan los muebles, algunas plantas en macetas y las telas colgadas que la pálida luz de la luna transforma en oníricas velas de barco.

Cruzo la puerta —una de las pocas de la mansión que se mantienen en pie—, y me adentro por un pasillo. Está muy oscuro, pero las tinieblas nunca me han molestado. Avanzo con tanto sigilo como puedo; es decir, sin hacer el más mínimo ruido, como si fuera una corriente de aire o un sueño.

No, no me estoy dando el pisto.

En magia soy un cero a la izquierda —aunque mi último y reciente experimento en la materia me abre nuevas perspectivas—, pero en lo que atañe al movimiento...

Llego a un vestíbulo amplio y aún majestuoso pese a las paredes desconchadas, las baldosas rotas y la grieta que serpentea entre la puerta de entrada y la escalera.

La escalera.

Levanto la cabeza. Según la Criatura del Lago, el mago está ahí arriba. Seguramente en el segundo y último piso. Peor para él.

Planto el pie en el primer peldaño, que, por suerte, es de mármol y no emite ningún crujido delator. ¿A que no sabe quién soy, señor mago?

El resto del ascenso se desarrolla en medio de mi perfecta lucidez mental.

Uno: atraparlo.

Dos: volverlo inofensivo, obligándolo a quedarse quieto y calladito.

Tres: hacerle algunas preguntas. ¿Por qué esta repentina pasión por la especulación inmobiliaria? ¿Cómo ha conseguido sortear las protecciones que ha levantado la Asociación? Y, sobre todo, ¿qué sabe de la Criatura del Lago y por qué le interesa tanto?

Cuatro: llamar a la oficina y preguntarle a Walter cómo tiene pensado concluir la misión. ¿Tengo que llevarle al mago en bandeja para completar la información o prefiere que lo tire al lago? Estoy segura de que a la Criatura le encantaría el regalo.

Cuando llego al primer piso, oigo voces en la planta superior. ¿Estará el mago hablando solo —práctica frecuente en magia que acaba, en mi opinión, deteriorando el cerebro— o tendrá un interlocutor? Me convierto en una burbuja de silencio sumida en un universo de discreción. Subo unos peldaños más y confirmo que el mago no está loco. Arriba hay dos hombres hablando, y la voz de uno de ellos me resulta familiar.

Es Edgar Leroy.

Tiene su lógica, aunque me habría venido mejor que estuviera durmiendo con sus amigos japoneses.

Me cuelo en el rellano.

Allí están, en una habitación que tengo a tres pasos e iluminada con la llama de una vela, por lo que deduzco de la luz vacilante que llega hasta mí. Me pego a la pared, me deslizo hasta la entrada sin puerta y me quedo quieta.

—Recibirá el resto cuando firme el contrato definitivo —escucho explicar a Leroy.

—¿En el contrato se estipulará lo que le pedí? —Una voz más grave; debe de ser la del mago.

—Sí: dragado del lago, tratamiento masivo del agua con carbamatos y organofosfatos e instalación, a corto plazo, de un sistema de filtración particular que usted nos proporcionará. ¿Puedo saber por qué el lago le…?

—No.

—¿No?

—No.

—¿Por qué esa negativa? Usted sabe muchas cosas sobre mí; sería lógico que yo también supiera algo de usted. Cultivar el secreto es un comportamiento que se puede calificar de infantil.

—¿Contarle un secreto? ¿Bromea? Usted no puede comprender la naturaleza de los secretos entre los que me muevo, de los secretos que manipulo ni de los secretos que genero. Su comprensión de las cosas y del mundo es demasiado limitada para eso.

—Su arrogancia está fuera de lugar —replica Leroy enfurecido—. Le recuerdo que nuestro contrato sigue siendo informal. ¿No le parece que sería sensato mostrar un poco más de respeto?

—¿Informal? —responde el mago con una voz glacial—. Entérese bien: si, por casualidad, se le ocurriera faltar a su palabra, he reunido pruebas suficientes en este expediente como para que la cárcel deje de ser para usted una casilla del Monopoly. Por no hablar de las otras medidas de represalia que tengo a mi disposición…

—Yo…

—Dejémoslo aquí, señor Leroy. En mi oficio, al igual que en el suyo, no es frecuente sentir aprecio por las personas con las que se negocia. Usted y yo lo sabemos, y no estaríamos en la posición en la que nos hallamos si nos dejáramos llevar por sentimentalismos.

Ha pronunciado la última frase con un tono decididamente lúgubre. No me extraña oír a Edgar Leroy zanjar la conversación.

—Muy bien. Adiós, señor Siyah.

Anda, el mago tiene nombre.

—Adiós, señor Leroy.

Me pego a la pared como si quisiera fundirme con ella, pero no hace falta tomar tantas precauciones. Por lo general, un presidente de empresa no es un hombre de acción, y Edgar Leroy no es la excepción. Pasa delante de mí sin sospechar que me bastaría con estirar el brazo para darle un tirón de orejas. Baja los escalones más deprisa de lo que recomendaría la prudencia más básica —¿por cansancio?, ¿por miedo?— y desaparece.

—Puede pasar, señorita.

A veces, una simple frase golpea con más virulencia que un puñetazo. Y te corta la respiración con mucha más eficacia.

«Puede pasar, señorita».

¿Es a mí?

Y en caso afirmativo —y seguramente así es—, ¿cómo se supone que debo reaccionar?

No, dejadlo. Solo pregunto por educación. Sé lo que debo hacer. Y lo hago.

Entro.

Cincuenta años. Alto y delgado, pelo largo y oscuro peinado hacia atrás, bigote y perilla. Camisa de seda negra bajo un abrigo también negro. Zapatos de charol. En mi opinión, no parece terrorífico, y tira más a viejo galán pretencioso que a mago.

—¿La Asociación no tenía nada mejor que una principiante —sin ánimo de ofender, señorita— para intentar pararme los pies?

¿Una principiante?

Lo ha dicho con un desdén que me lleva a afinar la opinión que me había formado de él. Viejo galán pretencioso. Y suicida.

—Es mucho más de lo que te mereces, rata asquerosa, y cuando esta principiante haya acabado contigo, le suplicarás a la cerda que tuvo la desgracia de amamantarte que vuelva a educarte desde cero.

Me he pasado la noche representando el papel de niña bien ante los industriales japoneses, así que mi naturaleza tiene prisa por abrirse paso.

Siyah no parece ofenderse. Su sonrisa sigue implorándome que lo borre del mapa a patadas.

—Menudo lenguaje —dice con sorna—. Resulta usted mucho más agradable de contemplar que de escuchar. Aunque seguramente no será por mucho tiempo.

¡Alerta, Ombe!

Algo en la voz de Siyah me indica que va a pasar a la acción. No veo ningún pentáculo dibujado, pero acaba de meterse la mano en el bolsillo, un bolsillo tan grande como para albergar todo tipo de ingredientes. A través del tejido, es evidente que mueve los dedos.

No vacilo.

—¡*Kawa*!

La palabra provoca dos cosas a la vez.

Por un lado, mi pulsera emite un «uuush» que me confirma que no soy la nulidad que creía en magia.

Por otro, Siyah suelta una carcajada.

—¿*Kawa*? —repite—. Creí que había oído mal hace un rato, cuando observaba cómo jugaba a la aprendiza de bruja en el bosque. ¿*Kawa*? Por los bigotes de Lucifer, ¡qué ridiculez! Ridículo e ineficaz: ahí es nada.

Me disponía a abalanzarme sobre él, pero me quedo en mi sitio.

No porque diga los mismos tacos que yo —lo que solo constituye una razón de más para hacerlo papilla— ni porque me haya llamado aprendiz de bruja —lo que, lo confieso, es un poco verdad—, sino porque…

—¿Me has estado observando?

—He sentido su presencia en cuanto ha empezado a garabatear ese desmañado pentáculo. Un hechizo de localización, unido a un sortilegio de visión a distancia, me ha bastado para asistir en directo a su pantomima y tomar buena nota de su incapacidad para dominar las fuerzas vivas de la magia, por no hablar de su incompetencia para usarlas adecuadamente. Confieso que, cuando me enteré de que la Asociación había encontrado mi rastro, sentí inquietud —algunos de sus magos no son del todo ineptos— y estuve a punto de pasar al ataque. Pero luego comprobé hasta qué punto resultaba usted patética y decidí dejar que viniera a mi encuentro.

«Patética».

Me hierve la sangre al oír la palabra.

—Si soy tan patética, ¿por qué no atacas, capullo?

—¡Ataco, señorita, ataco!

Saca la mano del bolsillo.

Doy un salto adelante.

De un capirotazo, lanza en mi dirección una pequeña canica marrón, mientras pronuncia una palabra. Solo una. No me preguntéis cuál, porque seguramente es quenya, y a mí me suena a marciano.

La canica marrón —¿será una bellota de roble albar?— se transforma en una monstruosa bola de fuego que choca contra mí.

No. ¡Choca contra el campo de fuerza que ha surgido de mi pulsera!

«Uuush», canta mi joya, al tiempo que adopta un bonito color anaranjado.

La bola de fuego desaparece sin que me llegue al cuerpo ni una caloría.

Bajo el impacto, he apretado los dientes y he retrocedido más de tres metros, lo que no me impide saborear la mueca de sorpresa que se dibuja en la cara de Siyah.

Pretencioso, suicida y, en breve, cadáver.

Vuelvo a la carga.

Otro capirotazo.

Otra bellota de roble albar.

Otra bola de fuego.

«Uuush», gime mi pulsera mientras se pone al rojo vivo.

Esta vez el impacto, aunque detiene mi avance, no me empuja hacia atrás, y el asombro en el rostro de Siyah se convierte en algo que, en mi opinión, se acerca al miedo.

Vuelvo a la carga.

Está perdido, sobre todo porque no tengo ninguna intención de concederle la más mínima oportunidad de escapar. Ni intención de mostrarme magnánima cuando le haya puesto la mano encima.

Otro capirotazo. Será el último, Siyah, te lo prometo.

Otra bellota de roble albar.

Otra bola de fuego.

«Uuush», llora mi pulsera, y se pone incandescente.

No soportaría una cuarta descarga, está claro. No importa, ya estoy casi junto a él, cuando...

—¡Mátala! —grita Siyah—. ¡Mátala!

Un rugido detrás de mí transforma mi último salto en media vuelta.

¡Arghhh!

Por las nalgas de Lucifer, ¿qué narices de monstruo es este?

18

¿Qué narices de monstruo es este?

La respuesta se me viene encima cuando el eco de la pregunta todavía no se ha apagado en mi mente.

Un trol.

Ese monstruo de dos metros de altura que se me abalanza, con un antebrazo más grueso que mis muslos, las mandíbulas prognatas y unos colmillos capaces de destripar a un oso, vellosidad abundante y músculos talla XXXL, es un trol.

¿Y sabéis qué?

No hace ni dos días asistí a un seminario dedicado a los troles —uno que abordaba el tema de los troles que eran víctima de los sortilegios de sumisión— y casi no puedo creerme que tenga delante a uno de verdad.

Entendedme; esta clase de cosas solo ocurren en las películas y en los libros. Corrijo: en las películas malas y en los libros malos. Por lo general, todos coincidimos en que el guionista o el autor no se ha herniado: presenta el monstruo al que se va a enfrentar el protagonista y, ¡toma ya!, unas escenas o unos capítulos más tarde, aparece el monstruo.

¡Qué previsible, por favor!

Sorpresa cero, emoción cero, incertidumbre cero, nulidad cien.

Porque en la vida real no funciona así.

Bueno..., se supone que no funciona así.

Como asistí al curso sobre troles, estaba segura de que no iba a toparme con ningún trol en al menos ciento ocho años. Por eso no escuché nada de lo que explicó el profesor.

La has metido hasta el fondo, Ombe.

Es lo primero que se me ocurre cuando me tiro al suelo para evitar una colisión que, si me llega a dar, me transforma en brocheta de kebab.

Doy una voltereta y me levanto.

—¡Mátala! —El mago se cree en la obligación de insistir.

¡Y el gañán del trol se cree en la obligación de obedecer!

¿Será debido al sortilegio de sumisión?

Se me echa encima, con las mandíbulas llenas de baba y los puños cerrados, y digo puños para que os hagáis una idea, pero tendría que decir yunques.

Esquivo el golpe.

Por los pelos, pero lo esquivo.

Y lo golpeo yo a él.

En las costillas, con mi propio puño, que no es ni mucho menos un yunque, pero que sí es capaz de infligir considerables daños cuando estoy cabreada.

¿Habéis intentado alguna vez golpear una montaña? ¿O un carro de asalto? ¿O una plancha de hierro fundido? ¿No?

Yo tampoco.

Hasta hoy.

El impacto repercute a través del brazo y me llega hasta las encías. El trol, por su parte, ni se inmuta, y de milagro consigo evitar que me arranque la cabeza de un mordisco.

¡Qué bicho más terco!

Y más rápido y flexible.

Mientras intento segarle las rodillas, se dobla como un esbelto contorsionista —¿cómo lo hace?— y me hinca el codo en la tripa.

¡Dios, qué daño!

Salgo catapultada a tres metros de distancia, se me corta la respiración como si me hubiera atropellado una locomotora y caigo de espaldas sin elegancia alguna. Solo tengo ganas de una cosa: acurrucarme y hacerme una bola para tratar de olvidar el dolor que me lacera los órganos, pero me obligo a ponerme de pie de un salto.

La verdad es que el trol no tiene intención de concederme una pausa para un café.

Llega a toda velocidad, y, os lo aseguro, para un trol, la expresión «a toda velocidad» significa realmente muy, muy rápido. Para empeorar las cosas, con el rabillo del ojo veo que Siyah está hurgando en el bolsillo y se dispone a lanzar otro conjuro.

¡Mierda!

Me agacho, me cuelo bajo los brazos extendidos del trol y golpeo con las dos manos. Con violencia. En el plexo solar.

Se oye «chac», y el trol, sin vacilar siquiera, me pega una torta que me transforma en una peonza girando en el movimiento «cara sanguinolenta». Es un milagro que mis dientes no se hayan esparcido por el suelo. La cabeza me retumba como la campana de una catedral y veo doble, cosa que no me soluciona la papeleta, porque, cuando el trol se me abalanza para acabar con mis sufrimientos, resulta que son dos y no sé a cuál esquivar.

Al azar, escojo al de la izquierda.

Error.

Una mano peluda me atrapa el antebrazo..., que se parte con un brusco crujido y lanza una terrorífica onda de dolor que sale de la fractura y se propaga por todo mi cuerpo.

Casi irrompible, Ombe.

Casi.

Cuando la segunda mano del trol se me acerca a la cara como un meteorito, pego una patada.

La patada de la última oportunidad.

El trol está casi desnudo; solo lleva un taparrabos que disimula levemente su condición de macho. Arremeto contra sus atributos viriles con la desmesurada energía que ofrecen la cercanía de la muerte y las ganas desesperadas de que la parca me deje en paz.

El trol emite un gruñido sordo que da una idea de su dolor, pero los resultados visibles no van mucho más allá.

Bueno, sí.

Falla la bofetada que me iba a propinar en la cara y me suelta el brazo. No es gran cosa, pero, en mi situación, no me puedo quejar.

Retrocedo titubeando, recupero milagrosamente el equilibrio, vacilo todavía un poco...

El trol ya se ha repuesto de mi patada. La baba que cuelga de sus mandíbulas abiertas de par en par no presagia nada bueno para el curso de nuestra discusión.

Me doy cuenta de que solo me queda tiempo para atizar un último golpe.

Más me vale echar el resto, ¿no?

Olvidando los diferentes tipos de dolores que han decidido manifestarse en mi cuerpo —el que lastima mi antebrazo roto, el que me lacera el vientre y el que retumba en mi cabeza—, me levanto apoyándome sobre una pierna, llevo la otra a la altura de mi cadera, me doy la vuelta y libero mi energía en una *mawashi-geri* que habría hecho volver de la tumba a Bruce Lee.

Golpeo el aire con el pie.

Igual que un huracán.

El trol llega por la izquierda y yo golpeo por la derecha.

Y toco al mago exactamente donde yo quería: en la garganta. Y cuando digo «toco» empleo un eufemismo. «Sacudo», «machaco» o «destrozo» serían más adecuados para describir el devastador efecto de mi *mawashi*.

«En un enfrentamiento directo con un trol, yo os recomendaría encarecidamente que os decantarais por la muerte del autor del conjuro de sumisión. Es menos peligroso».

Fue el experto quien nos lo dijo en el seminario sobre troles.

Es verdad que no atendí mucho en clase, pero de eso sí que me acuerdo.

Detalle importante: un mago humano, aunque sea un especialista de la sumisión y esté acostumbrado a trastear con los arcanos mágicos, no deja de ser humano y, por ende, frágil.

Ahora bien, un *mawashi-geri* como el que le he atizado puede resultar letal, sobre todo si el que lo recibe en toda la jeta no es un trol ni un rinoceronte mutante.

Y Siyah no es ni trol ni rinoceronte mutante.

Se desploma.

Bueno, en ese momento yo también pierdo el equilibrio, caigo al suelo, me recupero estúpidamente apoyándome en el brazo herido, suelto un grito de dolor, ruedo hacia un lado, me vuelvo a levantar o, mejor dicho, intento volver a levantarme, sin éxito…

—¿Se encuentra usted bien, señorita?

Ahí está el trol, de pie, exhibiendo toda su masa corporal delante de mí.

Si quiere acabar conmigo, no tiene más que elegir cualquiera de los métodos a su alcance.

Pero no parece dispuesto a rematar la faena.

Más bien parece preocupado por mí, aunque descifrar la expresión de un trol conlleva un considerable margen de error.

Después de todo, el experto tenía razón: el conjuro de sumisión se rompe en cuanto el mago que lo ha creado la palma. Me viene al pelo que el efecto sea tan instantáneo. Si la vuelta a la normalidad hubiera tardado tres segundos más, lo llevaba claro.

—¿Se encuentra usted bien, señorita? —repite el trol.

Habla en voz baja y ronca, pero se le entiende perfectamente.

—A tope, bola de pelo —respondo, conteniéndome para no mostrarme más incisiva—. Solo me has escacharrado el brazo y casi me desfiguras, pero, salvo eso, todo genial.

—Si me lo permite, quisiera poner de relieve que, por su parte, usted ha jugado al fútbol con mis gónadas, gesto que los troles no consideramos precisamente amistoso.

—No me has dejado otra opción.

En el rostro del trol se dibuja una expresión compungida, que resultaría divertida si no sintiera tanto dolor en el… ¡Anda! Ya no me duele tanto el antebrazo. Me permito dirigirle una sonrisa que parece tranquilizar a mi nuevo amigo.

—Le ruego, por favor, que acepte mis más sinceras disculpas —declara—. Tan sinceras como que me llamo Erglug. Es verdad que nosotros, los troles, somos célebres por nuestra iracundia. En mi defensa diré que, cuando la he agredido, no estaba en posesión de mi libre arbitrio.

Echa una mirada al cuerpo del mago y se muerde los labios con una doble fila de colmillos que, por suerte para mí, no puedo contemplar más de cerca. ¡Por la quijada de Lucifer!, si le injertaran unas aletas, este Erglug podría hacer el papel del escualo blanco en una secuela de *Tiburón*.

—¿Sabe, señorita? La libertad no consiste en tener un buen amo, sino en no tenerlo. Fue Cicerón quien afirmó tal principio, y estoy profundamente convencido de que lo asiste la razón. Al someterme a un conjuro de servidumbre, ese mago, Siyah —pues ese es su nombre—, no solo me privó de mi libertad, sino que, además, me obligó a tomar el camino de la violencia, camino que, pese a mi condición de trol, desapruebo. ¿Conoce usted a Camus?

—Eh... ¿Trabaja para la Asociación?

—Albert Camus era un escritor de excepcional talento, además de un filósofo de enorme pertinencia. La libertad —escribió— no es más que una oportunidad para ser mejor, y la esclavitud no es sino la certeza de ser peor. Pero aquí estoy, hablando sin parar, mientras usted parece sentir terribles dolores. ¿Quiere que la ayude a recuperar la posición vertical?

—No, gracias, ya puedo yo.

Me levanto con una mueca de dolor —para ser una criatura contraria a la violencia, Erglug me ha zurrado de lo lindo— y me vuelvo hacia el mago, que yace inerte no muy lejos. Si el trol ha quedado liberado, es que Siyah ha muerto; eso quiere decir que lo he matado. Es la primera vez que mato a alguien. Sin embargo, no me siento muy afectada. El hecho de que ese tipo fuera un psicópata de la magia dispuesto a liquidarme sin contemplaciones explica, sin duda, la escasa piedad por mi parte. La otra explicación sería una atrofia de mi sensibilidad, cosa que me cuesta imaginar.

Me dirijo cojeando hacia una mesa cercana, que es una tabla colocada sobre dos caballetes, no sin mirar varias veces hacia atrás. No se le da la espalda así como así a un trol de trescientos kilos que, minutos antes, ha intentado acabar con tu vida.

Me encuentro con un ordenador portátil que es casi tan chulo como el mío, un fajo de hojas encuadernadas con un trozo de plástico bastante inmundo —¿serán las pruebas de las que hablaba Siyah?— y un maletín metálico de ejecutivo.

Cuando me dispongo a abrirlo, un carraspeo de garganta trolesca interrumpe mis movimientos.

—Tenga cuidado, señorita. Siyah era un mago poderoso. ¿Cómo, si no, habría logrado someterme? Es posible que haya salvaguardado sus cosas con glifos mágicos.

Me encojo de hombros.

—Sí, es posible.

Y me apodero del maletín.

No vayáis a creer que soy una inconsciente —no me atrevería, por ejemplo, a encender el ordenador de Siyah—, pero resulta que conozco exactamente el contenido del maletín, igual que sé que Siyah no ha tenido tiempo para instalar en él un explosivo.

¿No os acordáis? «Recibirá el resto cuando firme el contrato definitivo». Eso dijo Edgar Leroy, y no podía referirse ni al ordenador ni al expediente. Por tanto, sé lo que hay dentro de este maletín: dinero. Lo único que me falta por saber es cuánto.

Lo abro y obtengo mi respuesta.

Mogollón.

Me vuelvo hacia Erglug.

—¿Tienes algún inconveniente en que me lleve esto?

Se lo he preguntado por pura formalidad. Por eso me sorprende ver cómo menea la cabeza.

—Marcel Proust escribió: «El deseo florece; la posesión marchita todas las cosas». No me interesan los bienes de Siyah —de hecho, no sabría qué hacer con ellos—, pero me parece erróneo que se los quede usted de forma indebida. Seguramente tenía una familia, hijos, padres ancianos... Esos bienes les pertenecen por derecho.

Decido ser prudente y reprimo un suspiro de fastidio. Por mucho que Erglug se comporte como un caballero, no deja de ser un trol, y los troles, como aprendí en un viejo libro escrito por un monje ruso del siglo VII, son capaces de sufrir ataques de violencia asesinos e inesperados. Lo más divertido —y reconozco que «divertido» no es la palabra adecuada— es que esa violencia salta por cualquier nadería. Una nadería como puede ser, precisamente, un suspiro de fastidio.

Así que en lugar de enviar a freír espárragos al trol filósofo, moralizador y, por ende, insoportable que tengo enfrente, saco de los vaqueros mi tarjeta de agente y se la pongo en las narices.

—Asumo que por esta razón mencionaba a la Asociación hace un instante —dice Erglug, que no parece sorprendido ni impresionado.

—Pues sí.

—Muy bien. Entonces me retiro. La Asociación me merece el mayor de los respetos y supongo que utilizará usted esas pruebas con fines nobles. De hecho, y en honor a la verdad, dudo mucho que un hombre como Siyah haya fundado una familia.

Guardo el ordenador en su funda con el expediente. Lo hago a tientas, pues tengo el antebrazo roto y, aunque ha dejado de dolerme, ahora está totalmente hinchado y se niega a transmitir la información que mi cerebro quiere enviarles a mis dedos.

—¿Quiere que la ayude? —me propone Erglug con amabilidad.

Me quedo mirando sus enormes manazas.

—No, ya puedo yo, gracias.

—Es usted una joven muy independiente.

—Pues sí.

—George Bernard Shaw decía que la independencia bien vale el precio de la soledad. ¿Usted qué opina?

—Nada.

—Ah...

Erglug parece decepcionado, eso está claro —más claro que el caldo de un asilo—, pero no tengo valor ni ganas de entablar conversación con él. Es tarde, estoy agotada, me espera un largo camino de vuelta por carretera —con un brazo roto la cosa no va a ser moco de pavo— y me horripila la filosofía. En especial, la filosofía trolesca.

—Lo siento, pero tengo que irme. Oye, Erglug.

—¿Sí?

—No vas a dar la nota, ¿verdad? Me refiero a que… estaría bien que no te viera nadie. Compréndelo: se supone que los troles no existen.

Erglug me brinda una sonrisa sincera, pero espantosa.

—Según Marcel Jouhandeau, la discreción es la única virtud que soporta el exceso sin deteriorarse.

—Pues esto lo tendría que oír Walter. Le encantaría conocer a ese tío.

—Eso será un poco complicado. Marcel Jouhandeau falleció en 1979.

Me encojo de hombros.

—Qué pena. Pero bueno… Nadie es perfecto.

Me pongo en bandolera la funda del portátil y sujeto con la mano el maletín metálico.

—Adiós, Erglug. Ha sido un verdadero… placer conocerte.

El trol inclina sus dos metros de músculos peludos.

—El placer ha sido mutuo. Hasta pronto, espero.

Recuerda, Ombe: el trol más amable del mundo puede explotar por una fruslería… Y no estás en condiciones de encajar otra explosión. Por una vez en tu vida, ¡cierra el pico!

—Yo también lo espero, Erglug. De todo corazón.

19

No se me da tan mal.

Erglug me ha roto el brazo izquierdo —iba a decir afortunadamente— y, aunque me cuesta desembragar, mi Kawa es muy dócil y se deja pilotar sin jugarme malas pasadas.

Mientras circulo rápidamente hacia París, rememoro los últimos giros que ha dado mi escapada campestre...

Flash-back.

Cuando me dispongo a arrancar la moto, me doy cuenta de que, como Edgar Leroy desconoce la muerte de Siyah, el contrato con los japoneses se firmará mañana, como estaba previsto. Sin duda, el expediente que me he llevado de la mesa del mago permitirá a la Asociación recuperar el control de la situación, pero el asunto será complicado y se demorará mucho tiempo, el suficiente como para que la Criatura del Lago se resienta. Me habré deslomado para nada.

Vamos, Ombe, un último esfuerzo, ¡qué diablo!

Me dirijo hacia la casa portátil en la que se aloja el presidente de Leroy & Hern. La puerta está cerrada con llave. He debido de hacer algún ruido al girar el picaporte, porque mientras estoy pensando en un modo discreto de forzarlo, se abre y se me planta un tío trajeado y con una constitución de armario normando. El guardaespaldas personal de Edgar Leroy.

Lo vi en la cena con los japoneses: músculos prominentes, mantenidos con sesiones de gimnasio y un porrón de pastillas de esteroides; paso seguro y la mirada vacía del que se cree capaz de seducir a cualquier mujer y de machacar a cualquier hombre; el pelo pringado de gomina y la cara de autobronceador; el pinganillo colgándole del cuello de toro, y el inevitable auricular, que resulta absolutamente ridículo en la era del Bluetooth.

Un gañán.

—¡Qué quieresssuch!

La extraña ortografía no se debe a un defecto propio de la lengua guardaespaldesca, sino que permite ilustrar el efecto que provoca el maletín que le acabo de lanzar a la cara.

Por si me he quedado corta, le hinco la rodilla en el bajo vientre y, cuando se dobla por la mitad, lo remato de un codazo en la nuca.

No tengo tiempo que perder.

Musculitos se queda apaciblemente dormido en las escaleras de la casa móvil.

Entro en busca de Edgar. Me lo encuentro dormitando en una cama enorme en la que, además de nuestro presidente favorito, cabrían perfectamente Blancanieves, el Príncipe Azul y al menos seis de los siete enanitos. Pero eso no estaría bien visto, así que Edgar ha preferido acostarse solo.

Lo despierto pellizcándole la nariz.

Con fuerza, para que su primera palabra, al despertar, sea un grito de dolor, y así darle una alegría con la buena noticia.

—Siyah ha muerto.

Tengo que reconocer que Leroy tiene nervios de acero y una impresionante capacidad de reacción. En lugar de dispersar remilgos estúpidos o incredulidades todavía más ridículas, se sienta y me dirige una mirada siniestra y oscura.

—¿Quién lo ha matado?

A preguntas cortas, respuestas cortas.

—Yo.

—¡Manuel!

Anda, Musculitos se llama Manuel.

—Manuel está soñando con los angelitos.

Le enseño a Edgar Leroy el maletín que he utilizado para entablar conversación con su guardaespaldas y la funda del ordenador que sigo llevando en bandolera. Le doy tiempo para que comprenda de qué va la cosa y, en un alarde de generosidad, le brindo un consejo:

—Edgar, estás en un brete. Vístete y vete.

Bonito pareado, ¿eh?

Luego, considerando que he cumplido con mi deber, me giro sobre mis talones.

Cuando llego a mi moto, se me ocurre una última idea, o, mejor dicho, la idea definitiva, si quiero dormir un poco.

Doy media vuelta.

Me acerco a la casa móvil en la que se aloja el jefe de Tasuka International Corporation. Llamo a la puerta con el puño y retrocedo dos pasos esperando a que me abran, cosa que ocurre enseguida.

El guardaespaldas de Tasuka-san es menos tocho que Manolito, pero va armado y me apunta con una automática mofletuda.

Me inclino con respeto.

—Hay un muerto en el segundo piso de la mansión. Temo que el honor de Tasuka-san se vea mancillado si la policía, que no tardará en llegar, descubre alguna conexión entre él y el criminal que ha sido asesinado.

He hablado en japonés, insistiendo en la palabra *men'boku,* que significa honor en el sentido de reputación, de apariencia, para ser más triviales. Para los japoneses, el honor es más importante que el éxito, aunque los dos conceptos estén estrechamente relacionados.

—Acompáñeme.

Acompaña su orden con un gesto perentorio de pistola.

¿Doble o nada, Ombe?

Como soy juguetona, hago otra inclinación —sin sonreír, tampoco quiero que crea que le estoy tomando el pelo— y me alejo tranquilamente.

—¡Alto! —grita el guardaespaldas.

No merece la pena mirarlo, pues sé que no piensa disparar —¿para qué iba a hacerlo?—, pero se debate entre las ganas de perseguirme para interrogarme y la urgencia de avisar a su jefe. Tal y como preveía, el sentido del deber se impone. Suelta una imprecación, a mi atención, *made in* Japón, y se mete en la casa móvil.

Salgo corriendo hasta la moto, guardo el maletín lleno de billetes en la mochila, me la pongo a la espalda y arranco en tromba.

Misión cumplida, Ombe. ¡Y con la máxima finura!

Llego a París al amanecer. Dudo un instante y decido pasar por un hospital para que me miren el brazo antes de ir a la calle de El Horla para presentar mi informe.

Cuando me detengo en un semáforo —sí, a veces lo hago—, una enorme Ducati de color rojo chillón se coloca a mi lado. La norma por la que los moteros intercambian saludos amistosos cuando se cruzan no suele aplicarse en las grandes aglomeraciones, pero incluso en París conviene mostrarse respeto, de modo que le hago una seña con la cabeza al motero. Aunque él cabalgue una moto italiana y yo una japonesa, somos hermanos de la carretera.

No responde. Y no es que no me haya visto, pues me está mirando. De hecho, está demasiado ocupado mirándome. De no ser porque tengo puesto el casco integral con visera ahumada incluida, pensaría que tengo un grano enorme en la nariz. Él lleva un casco tipo coco y gafas de aviador, y va vestido con vaqueros y una cazadora de cuero negra. Debe de rondar los treinta y, aunque estoy acostumbrada a que los hombres se giren al verme pasar, su mirada es realmente incómoda.

El semáforo cambia y eso me quita la posibilidad de recordarle el significado de la expresión «buena educación». Giro a la derecha y la Ducati sigue recto. Adiós, gañán.

Por suerte, las urgencias no están saturadas y me atiende un residente. Es un chaval guapo y parece sensible a mis encantos —uno más—. Creo que estaría feliz de que nos auscultáramos a fondo el uno al otro, pero tengo mucho que hacer como para jugar a los médicos.

El radiólogo que toma el relevo es más tirando a panzudo desabrido con menos *sex-appeal* que un yogur caducado. Mejor; así no me distraigo.

Foto. A esperar. Otra foto. A esperar. Y luego:

—Buenas noticias, el antebrazo no está roto.

—¿Está seguro, doctor?

—Sí. Mira. Se ven huellas de una doble fractura del radio y del cúbito, pero es antigua, y los huesos se han soldado perfectamente. No veo nada más.

—¿Ni una fisura?

—Ni una sola.

Para qué le voy a explicar que un trol me ha agarrado por el brazo con la fuerza de una pinza de prensión neumática y que he oído cómo me crujían los huesos. No me creería.

Y para qué voy explicarle que nunca he sufrido ninguna fractura en esa parte del cuerpo ni en ninguna otra. Tampoco me creería.

En cuanto al concepto de que las huellas detectadas en la radiografía son de esta misma noche y que mi esqueleto ha tardado dos horas en vez de dos meses en repararse, mejor me lo guardo. No me apetece acabar como cobaya de laboratorio, disecada por científicos locos dispuestos a descubrir el enigma Ombe.

¿Qué, os parece que exagero?

Es fácil decirlo cuando no eres el afectado.

Pongo la típica cara de alivio, le doy las gracias al yogur caducado y salgo del hospital, aguantándome las ganas de despedirme de mi residente.

Llego al número trece de la calle de El Horla al mismo tiempo que la lluvia y me meto apresuradamente en el portal. Subo las escaleras corriendo y llamo con los nudillos a la puerta de la oficina.

Se oye el chasquido de la puerta.

Entro.

—Hola, Ombe.

—Eh..., hola, *mademoiselle* Rose.

Ha hablado sin levantar la cabeza, y yo agacho la mía. Tendría que colgar una foto de *mademoiselle* Rose en el saco de entrenamiento que he instalado en mi cuarto. Si la sacudo noche y día, ¿cuántos años necesitaré para dejar de tenerle miedo?

Me siento en una de las sillas de plástico que hay junto a la pared, dejo la mochila a mi lado y espero una o dos eternidades, hasta que *mademoiselle* Rose decide terminar lo que esté haciendo en el ordenador y se ocupa de mí.

—Te escucho, Ombe.

Me levanto como si un pie invisible me hubiera dado una patada en el trasero y me acerco a su mesa.

—Esto..., he terminado. Quiero decir..., mi misión ha terminado.

—¿Y qué más?

Tomo una inspiración que alcanzaría para cruzar el océano Atlántico buceando y empiezo mi relato.

Todo.

Desde el principio.

A lo mejor *mademoiselle* Rose también es Paranormal. A lo mejor su poder consiste en hacer hablar a la gente.

Toma notas rápidamente y sin abrir la boca, hasta que llego al episodio de Siyah. Ahí, por primera vez desde que la conozco, hace una pausa para expresar sorpresa.

—¿Olía a azufre?

—Eh..., ¿qué?

—A azufre, Ombe. Piensa bien antes de contestar. Es importante.

«El olor a azufre cancela inmediatamente la misión». La novena y última de las reglas de la Asociación. La única que no tiene ningún sentido.

—Pues... no. No olí nada de particular.

—De acuerdo. Sigue.

Continúo mi relato y, cuando acabo —no comento nada sobre mi antebrazo roto que luego ya no estaba roto—, dejo en la mesa el ordenador de Siyah y el expediente que había montado el mago contra Edgar Leroy.

—Traigo material suficiente para quitarle las ganas a Leroy & Hern de meterse otra vez en negocios inmobiliarios.

—Hum. Muy bien. ¿No había nada más?

—¿A qué se refiere?

—¿Una prueba de cargo, algo que se pudiera utilizar como elemento probatorio, algún indicio?

—Dejé el cuerpo de Siyah allí y no se me ocurrió traer al trol en la moto. Salvo esos dos detalles, no, no había nada más.

Me mira un instante que calificaría de eterno y luego menea la cabeza.

—De acuerdo.

En ese momento, se abre la puerta de Walter.

—¡Ombe!

En lugar de soltar un taco, emito un suspiro agrio.

Hace casi treinta horas que no duermo y estoy cansada. No estoy capacitada para soportar la imagen de Walter sudando bajo una camisa horrible.

—¿Hay una décima regla que estipule que un agente tiene obligación de presentar dos informes?

Mademoiselle Rose no se digna contestar a mi pregunta, pero la mirada que me echa me incita a salir al pasillo más rápido que inmediatamente.

Bostezando.

Para demostrarle que no me da miedo.

Bueno... Que no me da mucho miedo.

20

Sorpresa.

Walter no está solo en su despacho.

La Esfinge está con él, lo que, por la modesta experiencia que tengo con la Asociación, es una primicia.

Y aunque sea una primicia, Walter no pierde un segundo.

—Ombe, ¿puedes explicarle a la Esfinge el protocolo mágico que has establecido para crear tu pulsera de protección?

—Hola, Walter. Sí, me encuentro bien, gracias, ¿y usted?

Abre los ojos como platos y se encoge de hombros, lo que pone de relieve las lindas florecillas malvas de su camisa amarilla.

—Sí, sí, eso —dice—, hola, Ombe, ¿qué tal estás? Yo también muy bien. Bueno, ¿y ahora podemos hablar en serio? Necesito que le expliques a la Esfinge el protocolo mágico que has elaborado para crear tu pulsera de protección. —Guarda silencio, espera un momento y, encogiéndose otra vez de hombros, añade—: ¿Por favor?

Finjo que dudo, pero luego me pongo a contárselo; ¿acaso tengo elección? Incluso, en un escrúpulo de honradez, le doy al César lo que es del César y, por ende, a Jasper lo que es de Jasper, o sea, el origen de la idea de la pulsera. Les cuento pormenorizadamente la creación de mi escudo y el modo en que lo he utilizado contra Siyah.

Cuando termino, la Esfinge menea su gruesa cabezota de gladiador.

—¡Imposible! —afirma.

—Eso pensaba yo. —(Ese es Walter).

—¿Cómo que imposible? —(Y esa, yo).

—Primero: tu pentáculo no tenía ninguna posibilidad de activarse. Al menos, no utilizando humus para materializar el elemento tierra, ni trazando un dibujo con una rama de avellano, ni muchísimo menos con esa fórmula que te sacaste de la manga.

—Es que…

—Segundo: si hubieras lanzado ese hechizo tuyo contra un reloj suizo, ni siquiera habrías logrado que diera bien la hora.

—Pero…

—Tercero: para someter a un trol, Siyah tenía que ser un maestro de los arcanos. Con o sin pulsera-escudo, su primera bola de fuego tendría que haberte reducido a cenizas.

—¿Esfinge?

—¿Sí?

—Mierda.

Durante unos segundos, nos miramos a los ojos. Mi cólera es aún mayor por culpa del cansancio, y siento que, si abre la bocaza una vez más, voy a partirle los dientes. No parece tener miedo. Sus ojos, de un color azul claro y desprovistos de cejas, me invitan fríamente a intentarlo.

Walter impide que llegue la sangre al río.

—Bueno, bueno —interviene, con voz conciliadora—. No te lo tomes a mal, Ombe; no estamos aquí para criticar tu destreza con la magia, sino para analizar una situación compleja. Sabíamos que Edgar Leroy había contratado los servicios de un mago, pero creíamos que se trataba de un mercenario que trabajaba por dinero. Ahora bien, resulta que era Siyah quien utilizaba a Leroy, y no al revés. Es verdad que su muerte saca a la Criatura del Lago del apuro, pero también nos impide comprender por qué Siyah deseaba su desaparición. ¿Tuviste que eliminarlo?

Ha formulado la pregunta sin segundas intenciones, pero no puedo contenerme y enseño los dientes.

—Sí, tuve que hacerlo.

—Bueno. La razón por la que un mago del nivel de Siyah perseguía a una Criatura que en realidad es inofensiva es un absoluto misterio. A esta variable se añade el asombroso éxito de tu estrategia mágica. Te confieso que no logro entenderlo. Es posible que tenga que ponerme en contacto con la Oficina Internacional, cosa que no me hace gracia, pero eso a ti ni te va ni te viene. Has dormido poco, ¿no?

—Ajá.

—Te propongo una cosa: descansa un rato y vuelve a pasarte por la oficina esta noche.

—Mañana.

Se seca el sudor de la frente.

—Bueno, mañana, si quieres. Tengo una nueva misión para ti, pero no es urgente. ¿Ombe?

—¿Sí?

—Buen trabajo. No era nada fácil y lo has afrontado como una profesional. A este ritmo pronto serás una agente consagrada. Te felicito.

Por mucho que trate de ocultarlo, la salida de Walter me toca la fibra. Estoy más acostumbrada a recibir tortazos que a escuchar cumplidos; por eso me quedo como desamparada cuando la gente es amable conmigo. Aunque sean piropos merecidos.

Busco una réplica, una frase llena de ingenio, pero solo se me ocurre una banalidad lamentable:

—Bueno, solo he hecho mi trabajo.

No muy orgullosa de mí misma, me despido con un gesto de cabeza y me dispongo a salir del despacho.

—¿Amigos? —me suelta la Esfinge.

Respondo sin vacilar.

—Amigos.

Cuando paso delante de *mademoiselle* Rose, me da la sensación de que me escanea con la mirada. Cruzo los dedos para que solo sea eso: una sensación. De lo contrario, tendría que vérmelas y deseármelas para explicar la presencia en mi bolso de un maletín lleno de miles de euros.

—Adiós, Ombe.

—Adiós, *mademoiselle* Rose.

No vayáis a creer que he robado el dinero con el que Edgar Leroy compró los servicios de Siyah. Para nada.

Y borrad de vuestra cara la sonrisa burlona y repleta de sobreentendidos.

Dejar el maletín en la casa para que Edgar Leroy o algún japonés se lo lleve habría sido absurdo, estaréis de acuerdo conmigo, ¿no? Por eso me lo llevé.

Al volver a París, primero pensé en dejarlo en el despacho de *mademoiselle* Rose, junto con el ordenador y el expediente, pero luego me di cuenta de dos cosas: una, que ese dinero no es en absoluto un elemento probatorio y, dos, que la Asociación ya es bastante rica, y no es necesario que yo contribuya a enriquecerla más.

De modo que he conservado el maletín.

¿Comprendéis?

Ya lo sabía yo.

El tráfico es denso esta mañana. Con la misma precisión de un neurólogo en plena cirugía, me incorporo con la Kawa al torrente de vehículos y me dirijo a la carretera de circunvalación. Solo de pensar que en unos minutos voy a estar tumbada en la cama, noto un delicioso escalofrío que me recorre toda la espalda.

La carretera está realmente abarrotada, incluso más de lo normal. Parece que la gente anda superactiva porque la

Navidad está a la vuelta de la esquina. Coches adormecidos circulando a menos de veinte por hora y conductores con cara de muermo que no paran de mirar el reloj. Qué increíble suerte tuve de hacerme motera en vez de automovilista.

Paso a la derecha de una enorme berlina sombría, tan sombría como el tipo que va al volante, que es gordo y cenizo. De pronto, una Ducati roja se coloca a su izquierda. Casco tipo coco, gafas de aviador, cazadora de cuero negra; su piloto es el gañán de hace un rato.

Un gañán que, de hecho, no ha aprendido buenos modales en este tiempo, pues de nuevo me mira como si fuera una extraterrestre.

Adelantar una fila de coches en el anillo periférico circulando a toda velocidad es como salir corriendo en un pasillo que, sin avisar, puede cerrarse bruscamente en tus narices. Pese a mi pronunciada tendencia kamikaze, conozco perfectamente el riesgo de que un conductor se olvide de mirar por el retrovisor antes de desplazarse y siempre procuro no adelantar una fila superando los límites de velocidad de los coches en más de veinte kilómetros por hora.

Así pues, comprenderéis que, con sabia prudencia, me aguante las ganas de acelerar para perder de vista al gañán de la Ducati. Ha alcanzado la misma velocidad que lleva mi moto y sigue observándome. Aunque me horripila, no acelero.

No, no acelero. No pienso acelerar.

Pero más le vale no tomar la misma salida que yo, porque, si nos paramos a la vez en un semáforo, bajo y me lo cargo.

Pasamos cada uno a un lado de la furgoneta de reparto y dejamos atrás un Mercedes conducido por una rubia de bote con una cara tan agradable como la puerta de un centro penitenciario, solo que todavía más fea. Entonces, mi admirador mete la mano en la cazadora. No irá a darme su tarjeta de visita o a hacerme una foto, ¿no?

Pues no.

Lo que saca del bolsillo interior no es precisamente una tarjeta ni una cámara de fotos, sino una pistola tipo Taser, lo bastante grande como para detener a un rinoceronte furioso en estampida.

Sin pararse a hacer los requerimientos habituales, me apunta y dispara.

Las probabilidades de fallar a solo tres metros de distancia son ínfimas, sobre todo porque se ha tomado la molestia de apuntar delante de mí para prever un posible acelerón.

Bien visto. Solo que, en lugar de acelerar, freno.

A lo bestia.

La parte delantera de la Kawa se hunde y la rueda trasera despega casi cincuenta centímetros del suelo. Concierto de cláxones en do rabioso a mi alrededor, y luego una sensación muy extraña, como si hubiera evitado por los pelos un… un… no sé qué, porque no era una bala, ni una descarga eléctrica, sino algo invisible que me ha pasado rozando las narices y que, si me llega a dar, me carboniza.

Ya digo, una sensación extrañísima.

No me quedo a analizarla.

Vuelvo a situarme junto a la camioneta de reparto. El tipo de la Ducati también ha tenido que frenar. Va a asomar por mi izquierda en cuanto la camioneta me adelante, y esta vez no va a fallar el tiro.

«Tus excelentes resultados en deportes de lucha —declaraba hace poco mi instructor— se deben a una combinación poco frecuente de cualidades: condición física perfecta, técnica impecable, voluntad de acero y extraordinaria resistencia. Y, reconozcámoslo también, a un defecto: tu sorprendente falta de reflexión».

Tiene razón. Cuando estoy en plena acción, no pienso: actúo. En mi situación, no muestro el menor asomo de duda. Aprieto el acelerador a fondo.

El motor de mi Z suelta un rugido y la moto sale disparada como un cohete. Se acabó la prudencia. Tumbada sobre el depósito, subo a ciento cincuenta y echo un rápido vistazo al retrovisor.

¡Mierda!

El loco de la Ducati ha cambiado de carril y me sigue de cerca. Estará loco, pero como piloto es condenadamente bueno. Consigue la hazaña de circular tan deprisa como yo y, al tiempo, apuntarme con el arma. Hago un peligroso zigzag que me obliga a rozar con la rodilla la carrocería de una furgoneta destartalada.

«Sssffff»...

Esta vez no solo he notado la especie de cosa que ha disparado la pistola Taser; también la he oído. Un ruido muy raro, y una sensación más rara aún. Como que me llamo Ombe, esa pipa no es para nada la clásica pistola.

Veo un hueco entre dos coches a la izquierda.

Reduzco dos marchas, acelero y paso entre ambos; vuelvo al carril por los pelos cuando estoy a punto de chocar contra un camión, y vuelvo a acelerar.

Ciento ochenta.

Si hay coches circulando delante, soy Ombe muerta.

Suerte: nadie circula delante. Desgracia: la Ducati sigue detrás.

¿Quiere jugar? Muy bien, pues juguemos.

Acelero. Doscientos diez. Un hueco a la derecha, necesito un hueco a la derecha. Ahí veo uno. Es estrecho, pero debería caber. Quepo. Otro. Otra vez a la derecha. Quepo también. Justito, pero quepo.

Llego al arcén.

Y ahí sí que acelero.

¿Qué os había dicho sobre mi moto? ¿Que era una Z1000 y que estaba casi sin manipular?

Borrad lo de «casi sin»; era una trola.

Doscientos cuarenta.

El asesino ha logrado seguirme por el arcén, pero parece que su moto está al límite, al contrario que la mía.

Doscientos sesenta.

Empieza a hacerse muy pequeño en el retrovisor.

Doscientos noventa.

Me habría gustado alcanzar los trescientos, pero llego a una salida y ya no veo la Ducati. ¿Qué, señor instructor: falta de reflexión o capacidad para tomar buenas decisiones instintivamente?

Giro a la derecha.

Pego un frenazo porque hay un semáforo en rojo, ah, no, verde. Acelero. El hueco entre los vehículos que aún no han arrancado es estrecho. De perdidos al río. El tubo derecho de mi Kawa roza el parachoques de un camión, acaricio un taxi con el codo y paso.

Arrivederci, memo.

Pero ¿quién se ha creído que es ese tío?

Necesito unos minutos para descargar la adrenalina que ha saturado mi organismo. Minutos en los que conduzco despacio, mientras pienso a toda velocidad.

¿Quién es el tipo que ha intentado matarme? ¿Por qué quiere liquidarme? ¿Con qué narices me ha disparado? ¿Cómo ha dado conmigo después de mi paso por el hospital y, más tarde, por la oficina de la Asociación?

Muchas preguntas y ninguna respuesta. Odio cuando me pasa eso.

El escalofrío que me recorre la espalda es tanto de rabia como de preocupación. Aparco delante de un bar, me estiro un buen rato, entro en el local y luego, mientras el camarero me prepara un café, llamo a Walter.

—Un pirado acaba de pagar algún tipo de rabieta conmigo.

—¿Podrías ser un poco más explícita, Ombe?

Ha hablado con esa voz pausada que emplea cuando la situación es grave. Es su forma de no preocupar al agente al que está tratando de ayudar. Me lo imagino empapado en sudor y secándose la frente con el pañuelo gigante que ha sacado del bolsillo de su espantosa camisa. Sé que tiene mucho trabajo y que lo ha dejado todo para escucharme. Sé que, con una sola frase, me he convertido en su prioridad.

Walter me cae bien.

Se me pasa un poco la rabia. La preocupación hace ya rato que se ha disipado. Bebo un sorbo de café y le cuento.

—¿Un asesino contratado por Leroy & Hern? —propone cuando termino de hablar.

—Imposible. Edgar Leroy tiene bastantes problemas que solucionar como para añadir la venganza a su agenda. Además, aunque hubiera querido matarme, no ha tenido tiempo de contratar a un sicario, y el sicario todavía menos de encontrarme.

—¿Un pretendiente despechado?

—¿Está de guasa?

—Nunca bromeo cuando está en juego la vida de un agente.

—También es imposible. Mi último novio no tiene ningún motivo de queja. Al contrario. Además, es agua pasada.

—¿Podría tratarse de un Anómalo?

—No lo creo. Era demasiado bajito para ser vampiro y demasiado robusto para un hombre lobo. Los otros Anómalos no tienen aspecto humano. Lo único anómalo en él era su hierro.

—¿Su qué?

—Su hierro. Su pipa. Parecía una pistola Taser, pero no lo era. Era un arma muy rara. No sé lo que disparaba, pero sé que no me habría gustado ser el blanco de esa cosa.

—¿Magia?

—Esto... Sabe, Walter, la magia y yo...

—Ya, es verdad. —Breve lapso de silencio. Intenso momento de reflexión walteriana y, seguidamente—: Pues no sé quién puede ser. Voy a hablarlo con *mademoiselle* Rose y abriremos una investigación. Pero puede llevar su tiempo. ¿Quieres que te asigne un escolta mientras aclaramos este asunto?

—¿Un escolta? ¿Para qué?

—Para protegerte.

Suelto una carcajada.

—No necesito protección. Soy mayorcita y sé cuidarme perfectamente.

—¿Estás segura?

—Segurísima.

—Como quieras. ¿Vienes mañana al despacho?

—Mañana por la mañana, prometido.

Cuelgo, me termino el café, pago y salgo del bareto.

Cuando piso la calle, echo una mirada alrededor por si veo alguna Ducati roja, pero me detengo antes de haber llegado al horizonte. No voy a dejar que un memo me amargue la vida, por muy funestas que sean sus intenciones y vaya armado con la Taser del mismísimo Luke Skywalker.

Me monto en la Z.

El rugido del motor suena como una irresistible incitación al placer y al juego.

Una vez. Y otra.

Allá vamos.

21

—Enhorabuena —me suelta Laure entusiasmada cuando entro a casa—. ¡Estás guapísima!

Me miro en el espejo de la entrada.

O se está quedando conmigo o se ha quedado cegata. He pasado la noche en blanco, he tenido un tórrido encuentro con una Criatura asquerosa en el fondo de un lago, me he peleado con un trol, he practicado algo de magia, he conducido unas cuantas horas de moto, he sido objeto de un intento de asesinato en las afueras de la ciudad... Las cosas como son: mi careto asustaría a un zombi.

Pero no tardo en darme cuenta de que Laure no me está mirando a mí, sino la revista que tiene en la mano.

Vaya. Si ha leído el artículo que narra mis aventuras con los enanuchos y el elemental en el Instituto Bordage, tengo menos de diez segundos para inventarme alguna explicación creíble. No va a ser nada fácil.

—La iluminación está genial —sigue diciendo Laure—, y el negro te queda de vicio. Deberías vestirte así más a menudo.

¿El negro?

—Pero ¿de qué me estás hablando?

Por toda respuesta, me enseña la revista.

Se me ponen los pelos como escarpias.

En portada se exhibe una foto mía en primer plano: tez pálida, una gruesa raya de *kohl* realza el azul de mis ojos, labios negros de los que salen, gracias a los retoques digitales, dos afilados colmillos, y un título con letras ensangrentadas: «La reina de la noche».

—¡A ver!

Le arranco la revista de las manos.

Es la revista para la que trabaja el fotógrafo que se me acercó hace varias semanas. Y son las fotos que me sacó. La hojeo febrilmente hasta dar con el artículo que me dedican.

Porque no es un artículo sobre el movimiento gótico, sino un artículo sobre mí.

Bueno, sobre un personaje al que presto mis rasgos y que el periodista, fanático de Dragones y mazmorras, se ha inventado en el más puro estilo fantástico-ridículo. La reina de la noche —yo— recorre las calles de París cuando el sol se oculta. Inmortal, seductora y peligrosa, atrapa en sus redes a los hombres que están lo bastante locos como para seguirla y los inmola en el altar de su belleza.

Varias fotografías ilustran la prosa del imbécil. Yo, yo y más yo. Vestida de sombra, o más bien desnuda de sombra —durante la sesión no me di cuenta de hasta qué punto eran... sulfurosos algunos de los atuendos que me puse—, en posturas que mi madre —si tuviera una madre— consideraría, como mínimo, indecentes.

Suelto un taco y tiro la revista sobre la mesa del sofá.

—Pero ¿qué pasa? —dice Laure sorprendida—. ¡Estás increíble en las fotos!

—¿Increíble? Puede, pero paso. Solo sé que, si me cruzo con el fotógrafo ese… no sé lo que le hago. Menudo mentiroso.

Laure me mira con perplejidad.

—¿Te encuentras bien, Ombe? ¡Tienes cara de estar hecha polvo!

—¿Quién, yo? ¿Hecha polvo? Qué va, para nada. Es más, voy a acostarme.

Aprovecho su instante de estupor para escurrirme hasta mi habitación y, cuando por fin reacciona, ya es demasiado tarde: me he desplomado sobre la cama.

—¿Ombe? ¿Estás bien? ¿Ombe?

La voz de Laure me llega distante, distante, distante.

Me llamo Ombe Duchemin y soy casi irrompible.

Casi.

El adverbio «casi» es importante.

La prueba es que en este momento estoy rota.

Me quedo dormida.

ÍNDICE